れた志士たちの名前

海舟（幕臣）
健明（佐賀）
信行（土佐）
象二郎（土佐）
新平（佐賀）
喬任（佐賀）
馨（長州）
弥二郎（長州）
博文（長州）
新八（薩摩）
帯刀（薩摩）
保利通（薩摩）
3 西郷隆盛（薩摩）
14 西郷従道（薩摩）
15 別府晋介（薩摩）
16 寺島陶蔵（薩摩）
17 中村宗見（薩摩）
18 黒田清隆（薩摩）
19 鮫島誠蔵（薩摩）
20 五代友厚（薩摩）
21 香月経五郎（佐賀）
22 吉井友実（薩摩）
23 森有礼（薩摩）
24 石橋重朝（佐賀）
25 陸奥宗光（紀州）

26 中岡慎太郎（土佐）
27 大隈重信（佐賀）
28 岩倉具経（公家）
29 ウイリアム（フルベッキ長男）
30 フルベッキ
31 岩倉具定（公家）
32 高杉晋作（長州）
33 横井小楠（熊本）
34 大村益次郎（長州）
35 桂小五郎（長州）
36 江副廉蔵（佐賀）
37 岩倉具綱（公家）
38 岩倉具視（公家）
39 広沢真臣（長州）
40 大室寅之祐（不明）
41 副島種臣（佐賀）
42 岡本健三郎（土佐）
43 坂本龍馬（土佐）
44 日下部太郎（福井）
45 横井左平太（熊本）
46 横井大平（熊本）

幕末 維新の暗号（上）

加治将一

祥伝社文庫

目次

1 — 謎の古写真

手紙

読者から、郵便物が届いた。

郵便物は、いったん出版社を経由したものだった。

望月真司は封を切った。危険な香りはしなかった。その代わり、ふわりと樟脳と土の匂いが混じったような生活臭がかすかに漂った。

中身は古色蒼然たる写真。いや、正確に言えば古い写真の不鮮明なコピーだ。

簡単な手紙文が添えてある。

それによると、送り主は望月真司の前作、『龍馬の黒幕』を堪能したとある。

本を読み終えた感触で、この作家なら、きっと写真の謎を解明してくれるのではないかと願って、手紙を出したという内容である。

『龍馬の黒幕』が書店に並んだのは、つい二週間前のことだ。

手紙の送り主が、さっそく本を読了し、なにかがひらめき、そのひらめきが以前から気になっていたこの写真とつながったのだろうことは察しがついた。すなわち、読者の心にあるものは抗議ではなく、本への共感である。悪い気はしなかった。

望月の『龍馬の黒幕』は、大胆な本だった。死の三日前に坂本龍馬が書いたであろう手紙文は、重要な暗号文であったと断定。その暗号をやっとの思いで解読し、そこから腕利きの三重スパイだったという正体を突きとめたのである。

さらに本は暗部に切り込んでゆく。龍馬の背後にちらつく影。その影に古から続く秘密結社の匂いを嗅ぎとって、龍馬暗殺の真犯人さえも特定しているのだ。

秘密結社など奇想天外、ともすれば劇画的になりがちだが、たんねんに物証をかき集め、状況証拠を積み重ねた結果、本の中身は充実し、望月自身、満足すべき仕上がりになっていた。

歴史読み物の世界は、保守的だ。

特に英雄とされている人物を扱う場合は、彼を貶めてはいけない、という暗黙のルールがある。中でも龍馬は慎重に扱わなければならなかった。

観光地の目玉になっているからだ。

出身地のプライドを傷つけてはならない。明るく、こだわらず、夢を語り、どんなところにでも好奇心いっぱいに飛び込んでゆく龍馬。司馬遼太郎が、小説『竜馬がゆく』で描き上げた痛快龍馬像からはみ出してはならない。

龍馬は日本一のヒーローなのである。

こうした空気の中で、虚飾を外すには勇気がいる。

しかし人と違った見方をする望月は、影を背負い、影に追われる生身の龍馬をとことん描いた。

妥協はない。事実に食らいついて、食らいついて感じたままを書く。

筆の運びは万事がその調子だから、各方面と自ずと少なくない摩擦は発生したのだが、最後まで押しきった。

手紙の送り主は、そこに注目した。そんな横紙破りな本を世に送り出すような作家なら、きっとこの「謎の写真」を追いかけてくれるに違いない、と踏んだのだろう。

問題の写真は、見覚えがあった。

真ん中に座っている外国人の名前をとって、「フルベッキ集合写真」、あるいは「群像写真」と呼ばれるものだ。

なにかの本で見かけたし、取材旅行でも、土産物屋の店先に「幕末英雄写真」として売られていたのを目にしている。

冗談写真に見えた。

だから今まで気にも留めなかったのだが、こうして家に送られてきたからには、嫌でもコピーに視線を落とさざるをえなかった。

写っているのは外国人も含めた四十六名である。

余白にはメンバー全員の名前が書き込まれている。ぞんざいな、いたずら書きではない。几帳面な文字で一人一人たんねんに記されている。

大胆だった。その氏名に目を通せば、だれもが驚愕というより、「そんな馬鹿な」と思わず噴き出しそうになる、ありえない顔ばかりだ。

坂本龍馬、西郷隆盛、大久保利通、高杉晋作、桂小五郎、伊藤博文、中岡慎太郎……幕末を駆け抜けた志士豪華絢爛である。

彼らが一堂に会し、真剣な眼差しのまま時が止まっているのだ。

これが本当だとしたら、一大ブームとなった『ダ・ヴィンチ・コード』など子供だましだ。

やはりその写真はごたぶんにもれず、歴史学者はじめ多くの専門家によって、否定された代物以外のなにものでもない。

名前の外にも、写真右下に書き込みがあった。

『尊皇攘夷志士　四十六名像』

そして、左下。

『写真撮影　上野彦馬　慶応元年（一八六五年）二月』


カメラマンの上野彦馬は実在の人物だ。

しかし撮影年月日で、早くもお粗末さを露呈している。

慶応元年の二月というのは、ありえない。

往々にして一月一日が元号の切り替えだと思いがちだが、それは間違いだ。

慶応元年は四月七日から始まっており、それまでは元治である。だから二月は、慶応元年ではなく、元治二年の二月が正しい表現となる。

初歩的なミス。この時も土産物屋で見たときと同じように軽く鼻で笑った。

封を返し、名前を見た。


〈岩本光弘〉

時々、自分の思い込みを作家に送りつけ、活字として取り上げてもらいたいと願う人がいる。

その気持ちは、分からなくもない。

しかし経験上、物書きに寄せられるほとんどが、送り主本人の盲信に近く、目鼻もつかない与太話だというのもまた事実だ。

それでも、ごくたまに地に足が着いたものもある。

だが現実味があればあるほど、どうしても小ネタになる。面白味に欠け、本の題材としてはハシにも棒にもかからない。

急に心が引いた。写真のコピーと手紙を元の封筒に戻してから、机に向かった。

すっかり出不精になっていた。

家を出るのは散歩と書店歩きと近くのスーパーに行く時くらいで、ほぼ引きこもり状態。歳のせいなのだろう、好んでその暮らしを続けている。

仕事以外にも、家にいてすることはたくさんある。

中肉中背の体をベッドに潜り込ませて熟眠する以外は、主に読書だ。本の虫である。

読みたいものは次から次へと際限なく出現し、尽きることはない。

あと何冊読めるだろうかという思いは、あと何年生きられるだろうかという想像につながる。

死を思ったからと言って、たんたんとしたもので、不吉な感じはない。

人間いつかは死ぬ。だから死ぬまで好きなことをして暮らしたいだけである。

計算すると、読める本はあと一千冊に過ぎない。

これから二十年間を生き、週に一冊読めばそのあたりの数になる。そう思うたびに、くだらない本は読みたくないと自分に言い聞かせ、また本を開く。

映画も好きだ。46インチという大画面を奮発し、音響装置はボディーソニックの本格的なやつを備えている。

コーヒーを淹れ、モニターの前のソファに身を沈める。

スイッチを入れると大画面が立ち上がり、白いソファに埋め込まれた特殊スピーカーが望月の身体を震わせる。

坂本龍馬の印象

あっという間に一週間が流れた。

ときどき、その速さに驚くことがある。若いときの二日くらいの感覚だろうか、パソコンから目を離し伸びをする。

窓の外には小ぶりの庭があり、そのむこうは一面、蔦草(つたくさ)におおわれた台地が壁のように迫っている。

東京のど真ん中だが、視界には家はおろか人造物はなに一つ入らず、目に入るのは蔦の壁、緑一色である。

その中で、唯一赤いものがあった。

鮮やかな寒椿(かんつばき)だ。しかしそれも昨日までの話で、一晩中吹き荒れた強風が、大ぶりの椿の首をひとつ残らず散らしてしまっていた。

打って変わって、午前の白い陽射しがまぶしかった。

思わず目を細める。

外はすがすがしく、嵐が運んだ新鮮きわまりない空気が、はちきれんばかりに満ちはじめている。

「そうか……もう桜のシーズンか……」

目薬を点(さ)し身体を反(そ)らしたとき、書棚の茶封筒が目に入った。

ぞんざいに放っておいた例の封筒だった。

すっかりヘソを曲げてしまっているようなので、手に取り、中の手紙に目をやった。

比較写真 1

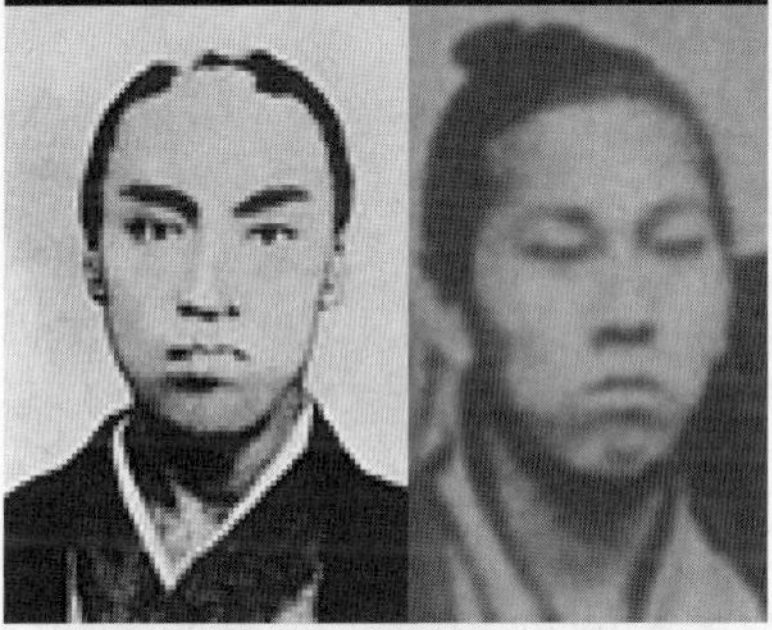

薩摩藩の若き家老・小松帯刀（左）。「フルベッキ写真」で小松と名指しされる人物（右）と比較してみると……

〈小松帯刀（こまつたてわき）を見比べてみていただければ、まことに幸いと存じます〉

手紙を手にするのは二回目だが、今回はどういう風の吹き回しか最後まで念入りに読み進んだ。

文体はあきらかに高齢を表わしていて、もう一枚、前には気づかなかった別のコピーがあった。

広げてみる。

頭のてっぺんを剃りあげる「月代（さかやき）」も見事な、大写しの小松帯刀である。

〈同一人物だと思います〉

紋切り型な物言いで、わずかにそれだけが書かれていた。

写真は本物だと主張したいなら、もっとしかるべき説明があってもよさそうなものだが、それ以外はなにもなかった。これでは説得力もなにもない。

しかし昔の人特有の流れるような万年筆遣いが、文体のもつそっけなさを和らげている。

「フルベッキ集合写真」を手に取り、小松帯刀と称される顔を目で拾い出し、比較してみる。

粒子が粗い。

顔を見定めるには、古写真のさらにコピーというのは、いかにもふさわしくない。【比較写真1】

それでも、輪郭、目元、さらには口元までがどことなく似ているのが分かった。

――ひょっとして、同じ人物なのか?――

軽い緊張を覚えた。

記憶のドアが開き、ゆっくりと、ほんとうにゆっくりと脳裏に幕末の風景が映し出された。

飢饉、諸外国の開国要求、大小約三百の藩の困窮、封建社会が抱える矛盾。

徳川幕府は完全に行き詰まっていた。

この政治体制では、とてももたない。しかし幕府は腰が重い。

そんなおり、我慢の限界とばかりに動きだしたのが、主に西日本に位置する四つの藩（大名）である。

明治維新を乱暴に語れば、薩摩藩（鹿児島）と長州藩（山口）が土佐藩（高知）を巻き込み、傍観者的な肥前藩（佐賀）を引きずって、武力で幕府を倒した革命である。

ざっくり言えば「薩長土肥連合」対「幕府連合」の戦いだった。

岩本氏が主張する小松帯刀は、その先頭に立つ薩摩藩の家老だ。

薩摩藩というのは、その辺に転がっている藩ではない。

三百近くあった藩の中ではナンバー・ツーに位置し、七十七万石、侍は五万人近い。強大な藩である。

その薩摩藩がイギリスと戦ったのは一八六三年（文久三年）の夏。

鹿児島湾の海上から英国艦隊のすさまじい砲撃にあい、あっという間に街を焼かれてしまうのである。

「薩英戦争」と呼ばれる戦だ。

この時、近代兵器の力をまざまざと見せ付けられた薩摩藩は電光石火、方針を百八十度反転させる。英国に擦り寄り、日本一の親英藩となって、その力を後ろ楯に革命を主導するのである。

家老というのは藩主、すなわち殿の次のポジションだ。

ナンバー・ツーである。

家老の数は通常、ひとつの藩に三名から五名ほどだが、小松帯刀は弱冠二十七歳で家老に昇格し、そのころから開明派として、力強く動きはじめている。

小松と称される人物をもう一度眺(なが)める。

気のせいか理屈を超えた上品な威厳を感じる。

望月は視線を下にずらした。前列に坂本龍馬と書かれた人物がいる。龍馬と小松の二人をつなげてみる。

歴史的に見て二人の間柄は濃い。

同じ歳ということもあって気が合った。小松は、龍馬を公私にわたって手厚くサポートしているのである。

たとえば亀山社中(かめやましゃちゅう)だ。ご存知のとおり日本初の商社といわれている組織だが、そのトップに座ったのが龍馬。だが資金を提供したのはだれあろう薩摩藩家老、小松である。

亀山社中の設立は慶応元年（一八六五年）五月……「フルベッキ写真」に書かれている年の約三カ月後である。

望月は腕を組んだ。

——もし、この撮影時期が本当だとしたら、小松と龍馬が仲良くおさまっていることに、なんら違和感はない——

小松の立ち位置に注目した。

家老ともなれば現代人からは、想像などおよびもつかない雲上人だ。

偉い小松が、真ん中にいるフルベッキの斜め後ろにいるのはポジションとして納得できる。

さらにその横に西郷隆盛、後ろには大久保利通と書かれている。明治維新を語るには欠かせない薩摩藩の重鎮で、その三人が固まっているのもすんなりくる。

そんな見方がなんの役に立つと思うかもしれないが、厳格な階級社会において、家老の小松が正面を堂々と見据え、当時は格下の西郷が小松に向かって身体を開き、その後ろに大久保が立つという位置は、写真を吟味するうえで大いに参考にすべき点だ。

ひょっとしたらと、少し心が動きかけたが、気になったのは西郷隆盛と大久保の顔だ。特に西郷は、望月の印象とはかけ離れたものである。

そう言えば、坂本龍馬にしてもすっきりしない。

知っている龍馬は切ないほどの疎外感を宿しており、数枚存在する、斜に構え、未来を見据えるような貫禄ある写真とは違う雰囲気だ。この写真の龍馬にはそれがない。

——やっぱり、マンガだな……——

はしゃいだ気持ちがもろくも萎えた。かまっている暇はなさそうだった。コピーで騒ぐ岩本という男の眼力が、当てにはならないことを悟って、また中身を封筒に戻した。

立ち上がって、玄関に行った。郵便受けを覗き、ごっそりと郵便物を取り出す。出版社から送られてくる大小の雑誌と書類。居間に戻ってテーブルの上に山積みにし、急ぎのものを選り分ける。雑誌の開封は後回しだ。

と、そこに白い封筒がまぎれていた。裏を返すと、〈岩本光弘〉だった。

少々うんざりしながら、封を切った。

〈拝啓、望月様

先だっては突然、写真を送りつけ、申し訳ありませんでした。中途半端なものを差し出してしまったことを、ずっと後悔しておりました。

すべてを書くべきでした。しかし、こうして書いていても、どこからはじめるべきか、またどこまで打ち明けてよいものやら、さっぱり見当もつきません。

私の書こうとする内容が、あまりにも一般の認識とはかけ離れていて、まじめに受取ってもらえないのではないかという危惧があったからです。

そして私は、文が得意ではないのです。他人様に信じてもらえるような手紙は、とても書けそうにありません。

ですから、一度会って、直接お話を聞いていただきたいのです。

私はちょうど十年前に、東洋海上火災保険を定年で退職したのですが、その直後にフルベッキ写真を目にしました。それまで歴史とは縁遠い自分でしたが、どういうわけかこの写真に惹かれたのです。それからというもの学者を気取って、今までの数年間を写真の調査に費やしました。

日本中に足を運びました。その結果、写真に書き込まれた名前は、おおむね正確だという確証を得ることができたのです〉

執拗な懇願に望月は長く息を吐いた。

――確証ねえ……――

この手の人の確証は、思い込みと大差はない。

先に視線を送った。

〈しかし一人、一人検証してゆくうちに、隠されていた恐るべき暗号が浮上してきたのです。まだ断片的ではありますが、幕末の謎、明治になってから次々と起こる不可解な反乱の謎、ひいては今我々が暮らしているこの国の成り立ちにかかわる、それは私の手にあまる、とんでもない事実です。陰謀や画策の上に我々の国はあるのです。

調査には嫌がらせや妨害もあります。素直に言いまして危険を感じています。

まだやり遂げてはいませんが、身を守るには、途中の段階でも世に公表するほかはありません。しかし私には、その手立てがない。

そこで、望月先生のお力で、なんとか世に知らしめて欲しいのです。

これまでかき集めた資料をすべてお渡しし、すべてを打ち明けたいと思います。

私は病気をかかえており、そういう意味でもあまり時間がありません。一度、是非、お会いいただきたく存じます。よろしくお願いいたします。

岩本光弘（０４５）ＸＸＸ-ＸＸＸＸ〉

――陰謀に、嫌がらせに、妨害か……――

この男は、まともじゃないのかもしれない。

たしかに幕末は謎だらけだ。しかし分析や解明など簡単な話ではない。全身全霊をささげる歴史学者でさえ困難である。それを定年退職者の思いつきで、あちこちほじくったからといって何が分かるというのか。

暇つぶしの相手にされてはかなわない、というのが率直な感想だった。

かかわり合いになるのはまっぴらだと感じたものの、かといってなぜかすんなり捨てられなかった。

居心地が悪かったのだ。

手紙文のやつれたような訴え、いたたまれない胸の内。文字の一字一字に、望月の心を蹂躙(じゅうりん)する何かが満ちていた。

維新革命は闇の部分が多い。

教科書では天皇をかついだ開明派が、徳川幕府を圧倒したなどと、あっさり片付けているのだが、疑問点は無数にある。

戦闘一つとってもそうだ。

京都にいた革命勢力はせいぜい六千。そのうち、実際に戦闘に参加した数はたった千五百といわれている。それに引き換え、幕府は全国に二十万を超える軍勢を抱えており、京都においてさえ一万五千の武士がいた。

ならばなぜ将軍徳川慶喜(とくがわよしのぶ)は、一言も号令を発せずに、そそくさと大坂から江戸に逃げ去ったのか？

望月は『龍馬の黒幕』で、三つのことが重なったからだとその理由を述べてはいるものの、それは応急的結論で、こう言ってはなんだが自分自身、芯からしっくりいっているというのではなかった。

幕府敗北の主な一因は、どう考えても慶喜の性格だ。

優柔不断で無責任。何ごとにも正面から応じず、考えていることといえば己の身の安全ばかりだ。考えている。慶喜を調べれば調べるほど、リーダーとしての資質がほとんどなく、そのちゃらんぽらんさにはぞっとするものがあり、幕府に忠義を誓い、死にもの狂いに戦った末端武士は哀れを誘う。そしてこの将軍、いさぎよく切腹したかと思ったら、明治になって公爵になり、なんと貴族院議員になっている。武士としてこういう生き方はいかがなものか。開いた口が塞がらない。

次が、革命派が天皇を獲得したことだった。

維新革命は、幕府と革命派による天皇の争奪戦という側面を持っている。天皇を囲った方が勝つ。そのために幕府も諸藩も「京都手入れ」と称して京都に兵とスパイを送り込み、天皇確保に虚実の駆け引きと大小の衝突を繰り返している。

当時天皇は「玉」と呼ばれ〈『玉』を抱く〉という言葉が、頻繁に使われていたのである。

結局〈『玉』を抱いた〉革命軍が、「錦の御旗」をひらめかせて、武力で押しまくった強気の戦略がツボにはまったのだ、と読み解く歴史学者は多い。

「玉」を奪われた幕府軍は、あっという間に萎えた。

二百十一藩が革命軍に寝返って官軍に兵を送り、あとは日和って沈黙し、最後まで牙を

徳川慶喜が助けを求めたファルケンバーグ米国公使（後列左端）。その隣に勝海舟。前列中央は老中格・稲葉正巳

むいて反抗したのはたった四藩にすぎない。

彼らが萎えたのは、たんに「玉」を奪われたからだけではない。

革命軍の背後には、世界最強とうたわれたイギリスがいたのも要因だ。

これは大きい。

一瞬のうちに望月は、その時代に深く迷い込み、英国領事館付通訳アーネスト・メーソン・サトウが、額の裏に大写しになっていた。

英国諜報部員の暗躍

青白き英国青年、アーネスト・メーソン・サトウ。

日本語通訳の第一人者だが、それは表の顔だ。凄腕の英国諜報部員である。

日本領事館通訳に任命されたサトウは、十九歳の若さで日本に上陸する。一八六二年九月八日のことだ。それからの活躍はめざましい。

翌年の薩英戦争、そして次の年の下関戦争。サトウは「ご一新」まで絶え間ない工作活動に明け暮れるのだが、彼の立ち回りはすさまじく、その辺にいる諜報部員とは格の違いを見せ付ける。

そして晩年、その功績が認められ、英国政府から「サー」の称号を受けるのである。

サトウを「情報将校」と呼んだのは、十四巻にも及ぶ力作『遠い崖―アーネスト・サトウ日記抄』を著わした萩原延壽氏だが、サトウが諜報部員であることなど、幕末史を少しかじればたちまち判明する話だ。

サトウの日記にはこう書いてある。

「ご一新」天下分け目の初陣、京都での「鳥羽・伏見の戦い」(一八六八年一月)がはじまる十七日前の日記だ。

京都が、いよいよキナ臭くなったと察知したサトウは、諜報部前線本部を江戸から大坂に移す。仕上げの工作に乗り出したのである。

〈今日、黒田シンエモンが訪ね、京都サイド(朝廷)の、命令書の写しをもらった〉

黒田なる人物は薩摩藩、つまり革命軍の連絡員だ。おそらく、かの有名な黒田清隆の変名であろう。その黒田が朝廷から出た命令文の写しをサトウに見せるシーンだが、逐一報告していることがうかがえる。

〈大名側（革命軍）は一致団結しており……さらに多くの西国や北国の大名が、自分たちの側につくものと期待していると黒田が語った〉

サトウの返答がすさまじい。サトウがいかに日本の革命軍を指導し、また革命軍もいかにその指導をサトウに仰いでいるか、という証拠としては重要な文だ。

〈できることなら戦争を避けるのが望ましいが、もし戦争をせざるをえないと判断しているのなら、ただちに戦争を始めた方がよい。黒田もこれに同意した〉

サトウは、なんと戦争を早くやれとけしかけ、黒田は「はい」と素直に答えているのである。

「ご一新」は最終工作に入る。

英国は艦隊を大坂湾に移動配備し、幕府に強大なプレッシャーを掛け続けたのだ。

旗艦ロドニー号、スナップ号、ラットラー号、マニラ号、オーシャン号、バジリスク号、アドベンチャー号、ライナルド号、コーモラント号、サラミス号、シルヴィア号、サーペント号。

その数十二隻。

一隻が一万の兵に相当すると言われた時代だ。現在でたとえるなら核弾頭ミサイル付き最新鋭イージス艦だ。

たとえば東京湾に数隻のイージス艦が配置され、皇居、霞が関などをはじめ、全国主要都市に核ミサイルの照準を合わせられたらどうなるのか?

無条件降伏以外にない。

似たようなものだ。

十二隻の戦艦が大坂湾を制し、砲身を大坂城と城下町に向け、攻撃態勢に入ったということは、そういうことである。

大坂城からは、異様な艦隊の群(む)れが丸見えだ。

大坂城に隠れていた徳川慶喜は肝をつぶすどころか、恐怖のあまり、生気を失っていたはずである。

鳥羽・伏見で最初の衝突があった、わずか五日後の午前二時だった。

憔悴し、口の中をからからにした慶喜は、夜陰にまぎれて大坂城を転げるように逃げ出したのである。

向かった先は驚くなかれ、米国艦イロクォイ号だ。

明治になって、この事実を指摘された徳川慶喜はこう弁解している。

「港に行くと真っ暗で幕府の船が見つからなかった。たまたまそこに米国艦がいた。それで乗せてもらっただけだ」

真っ赤な嘘である。あらかじめ筋書きは決まっていたのだ。

動いたのは平山敬忠（図書頭、外国奉行）。

平山は一月三十一日、大坂中が寝静まった夜十二時頃、城を抜け漆黒の闇を走っている。ファルケンバーグ米国公使の宿泊先だ。

平山がまっすぐ走ったというからには、あらかじめ米国公使の寝所を知っており、このことは徳川幕府と米国との間にホットラインが引かれていたことを物語っている。

慶喜の言い逃れは通じない。

ファルケンバーグからシェアード国務長官への公文書（一八六八年二月三日付）として、シナリオ通りに進んでいることを伝える記録が残っているのだ。

さて、慶喜がトンズラした日の、サトウの日記を見てみよう。

二月一日だ。

〈わたしは遠藤謹助を京都方面に派遣した〉

サトウは手駒の一人として遠藤を使っている。

遠藤は長州藩士だ。伊藤博文、井上馨、井上勝、山尾庸三と一緒の英国密留学組だが、帰国後に英国のエージェント（連絡員）に収まった男だ。

サトウは、日記の中で遠藤を使えない男だと酷評しているが、その評価は正しかったとみえ、ご一新の後でも、遠藤は政府の要職につけずに、せいぜい大阪造幣局長どまりだったし、この時もパシリ専門だ。

遠藤謹助をなんのために京都方面に走らせたか？

革命勢力に新政府の樹立宣言をうながすためだ。

〈彼ら（革命軍）はそれに応じるはずだ。ミットフォード（書記官）とわたしが、外交団の（新政府樹立をうながす）下書きを薩摩側に渡してあることだし、さらにわたしと土佐との間では個人的な了解ができているからだ〉

驚きだ。なんとサトウは、革命軍の新政府樹立宣言を工作し、そのため外国代表が要求する書類の下書きをわざわざ作って、革命側に渡してあるというのだ。

すなわち終戦直後の日本国憲法は米国人マッカーサーが書き、その前の新生日本宣言はイギリス人のサトウの手によるものだ。

日本はアメリカ、イギリスによって二度国が形造られているのだ。

そう思うと、少々情けない気もする。

日本語力抜群のサトウのこと、とうぜん毛筆書きだが、それにしても二十五歳のサトウにとって、薩長などまるで子供扱いである。

サトウの計画にしたがって、革命勢力が新政府樹立宣言をする。

どういうことかというと制服、勲章できらびやかに着飾った英、米、オランダ、イタリア、プロシア（ドイツ）、フランス、ロシアという列強国のお偉いさんが、正式に「よし分かった。幕府の時代はもう終わった。これからは革命勢力を日本の政府として承認する！」と宣言したということだ。

世界が認知したのである。

列強国のお墨付きがどれほどのパワーを有するか？　それを本当に知っていたのはサトウくらいのものであろう。

サトウは、その段取りを遠藤を使って薩長に教え、土佐藩には陸奥宗光をあてがって、いいように動かしている。

それが先ほどの日記にある〈土佐との間では個人的な了解ができている〉という文面だ。

詳しく言えば、サトウは一月十七日に陸奥宗光を諜報部に呼び寄せ、土佐藩に「新政府樹立宣言」の重要性を知らせるよう要請していたのだ。

薩・長・土をぴしゃりと押さえるサトウ。

華々しい新政府樹立の「儀式」。その前提として、敵の親分、徳川慶喜に大坂でうろつかれてはまずい。大坂は、革命軍の縄張りになっていないと困るのだ。

英国が大艦隊で慶喜を死ぬほど追い詰め、米国艦が慶喜をすみやかに連れ去る。

そのために、英米は連係プレーを施したのである。

二月三日の日記によれば、サトウが大坂に設けた情報本部に五代友厚（薩摩藩）が、二月五日には吉井幸輔（薩摩藩）と寺島宗則（薩摩藩）が矢継ぎ早に訪れて、それぞれがそれぞれの報告と役回りを演じている。

準備は万端整った。

二月八日、サトウの青写真どおりにことが進む。

公家の東久世通禧が、神戸の外国人居留地に出向いたのである。

新政府樹立の「儀式」。

事はおごそかにとり行なわれ、古式ゆかしい漢文の「帝の国書」が手渡された。

ことわっておくが、列強国が京都を訪れたのではない。

京都の公家が雁首そろえて蛮族だとあれほど見下していた夷人の住む外国人居留地まではせ参じたのだ。

ここに両者の力関係が歴然と表われている。

望月はサトウの興味深い日記を、もう少し先まで思い返した。

〈二月十日、今日も東久世通禧と諸外国の会談があった。東久世は岩下佐次右衛門（薩摩藩）と後藤象二郎（土佐藩）を同行してきた。かれらの話では、当分伊藤俊輔（博文）が神戸税関所の監督官と兵庫の知事をつとめるという……〉

江戸城の開城を待たずして、足軽の伊藤博文が、兵庫の知事になったのだ。冷や飯喰いが一足飛びに、いわば一国の主になったと言ってもいいだろう。藩主級である。

これには伊藤と親しかったさすがのサトウも驚いたと見え、こう続けている。

〈さして高官でもない伊藤が、このような地位にふさわしいと考えられたり、民衆がかれの命令に服従したりするのは奇妙に思われるが、日本の下層階級は支配されたいという欲求が強く、とくに背後に軍事力の支援があると思われる場合、権威を持って臨むものにはだれでも容易に服従するのである〉

伊藤博文が公家の本拠地、京都にほど近い兵庫の知事になったのは強烈だ。

なぜ伊藤ごとき下っ端が兵庫に居座ったのか？

これには明治政府を牛耳った岩倉具視、大久保利通の鬼気迫る深いわけがあるのだが、知ってか知らずか、サトウはそれには触れずにこう続けている。

〈そこで、二本差しの階級を追い払うことができさえすれば、外国人がこの国を支配することもむずかしいことではないであろう〉

サトウの日本人観だ。

日本人はこういうものだと高を括っている。弱冠二十五歳の日記。我々日本人には、思い上がりに聞こえる。

しかし、日本に来て六年、その間幕府はもとより、薩長土肥の藩主や志士たちとは高圧的に交わって、巧みに維新を誘導してきたサトウにしてみれば、鼻がのびて天狗になるくらいはしかたがない。これが偽らざる率直な思いだったのだ。

幕末の謎は深い。

その奥深い闇を探るうえで、ロンドンにあるパブリック・レコード・オフィス、つまり英国国立公文書館に保管されている当時の資料は、一級品だ。欠かせない史料になる。

だが歴代の日本政府権力者は、それらを避けた。

都合の悪いものとして嫌ったのである。

サトウが書いた『日本の外交官』が日の目をみたのは、サトウが死んで九年目、なんと昭和になってからだ。

すなわち一九三八年（昭和十三年）なのだが、その時ですら、公表をはばかる個所は全文削除を命じられての出版だった。

坂田精一訳『一外交官の見た明治維新』が出たのは、さらに二十一年もあとの一九六〇年（昭和三十五年）だ。

「サトウの書」は、つい最近まで、事実上の発禁本だったのである。

望月は、これらのことから、明治政府が隠したいものが存在したと思っている。

その秘密にしておかなければならないものは、イギリスの公文書や日本とかかわった外国人の手紙、日記の中にあるはずだ。

望月は、物思いからふと我に返り、なにげなくフルベッキ写真を眺めている自分に気付いた。

ぎくりとした。

たった今、思いにふけっていた志士たちの視線が鋭くぶつかってきたのだ。

陸奥宗光、寺島宗則、伊藤博文、吉井幸輔、後藤象二郎、西郷隆盛……。

全員がそろっている。これは本物なのか？

何か隠されているのか？

改めて覗き込むと、妙な気持ちになってくる。

別の闇が生まれた。心細く光のでない気持ちが入り込む。

投げ込まれた手紙は、好奇心の強い望月の胸にさまざまな疑問を呼び起こし、ざわめきはいよいよ収拾がつかなくなってきた。

志士たちの名前を刻み込んだ画家

――助っ人を呼ぶか……――

携帯電話をつかんだ。

「ごぶさたです」

ユカの声が流れてきた。

「ようやく、一区切り」

声は穏やかで、聴きようによっては色っぽい。

「そろそろ、お電話しようかなと思っていたところなんです」

桐山ユカは中学で社会科を教えており、春先はなにかと多忙のようだった。

「時間があるなら、ちょっと来てみませんか？」

「あら、なにかしら」

受話器のむこうで声が弾んだ。ユカは『龍馬の黒幕』で、手際のいい働きをしている。

「嘘か真か、真か嘘か？　けっこう興味を引くはずですが」

「新ネタですね。うわー楽しみ。お昼、まだですよね。サンドイッチ差し入れします」

十二時過ぎ、ドアを開ける。

ジーンズ姿のユカが立っていた。ウォーキングでたどり着いたといった様子で、はつらつとしたエネルギーを撒き散らしている。

淡いピンクのブラウス、上気した笑顔、知的な口元。彼女が気さくに笑うと、爽やかな風が部屋に舞い込む。

望月がお湯を沸かす間、ユカは洗面所で手を洗い、さっさとツナサンドとサラダ、そしてポットで持参したスープをテーブルに並べた。

別に、俗世を離れた生活をしているわけではない。

だが望月は、時として自分の娘と言ってもおかしくないくらいのユカから、こうした心温まる差し入れに甘える。支払う代金はコインが一つ、いつも五百円だ。それ以上の金額は、ユカが受取らない。

紅茶を入れ終えた望月は、ぶり返す複雑な思いを引きずりながらコピーを押し出す。

「あら……」

写真を一瞥し、短い髪に手をやった。

「知っているみたいですね」

「ええ、どこかで見ました」

ユカがコピーをすくいとって、書き込まれた名前に驚く。

「まあ……」

「真贋鑑定しようと思いましてね」

「真贋?」

コピーを見つめながら、言葉をつないだ。

「信じられませんけど……」

「相手にされない代物だけど、ちょっとそそられましてね」

望月はユカが到着する寸前まで、インターネットからざっと拾い出して、ある程度の情報はつかんでいた。

サンドイッチに食らいついて、話しはじめる。

フルベッキ写真が、はじめて掲載されたのは『太陽』という雑誌だ。

明治二十八年七月のことで、「フルベッキ博士とヘボン先生」という記事中である。

続いて明治四十年。

今度は大隈重信編纂の『開国五十年史』。

さらに七年後の大正三年、江藤新平の伝記『江藤南白』と主な記載は三度である。

大隈重信はご存知のとおり、早稲田大学総長として有名だが、内閣総理大臣にもなった明治の大物であり、江藤新平もまた、幕末から明治初期にかけての大立役者だ。

それぞれの本がフルベッキ写真を取り上げた背景には、一つの共通点がある。

「致遠館」という学校である。

大隈と江藤は佐賀藩士だ。共に佐賀藩が作った「致遠館」に集い、フルベッキはその教師だったのである。

先生と生徒。この関係は疑う余地のない真実で、だからこそ「大隈本」も「江藤本」も、フルベッキ写真を飾ったのだ。

「問題となったのは、ずっとあとの一九七六年（昭和五十一年）の論文です」

望月はサンドイッチを手にしゃべった。

「島田隆資という人物が、フルベッキ写真に志士たちの名前を書き込んで、それをある雑誌に発表しました」

「島田？」

「島田は肖像画家と言われているが、ぼやけています」

「正体不明ですか？」

「まあそんなところです」

「その時の名入れは全員ではなく、数名か十数名か、とにかく未完成だった。しかし坂本龍馬、西郷隆盛など、そうそうたる名前はしっかり書き込んでいたものだから、わっと波紋が広がった」

勝海舟の正体

「これに騒いだのは」

望月がしゃべった。

「一般の幕末ファンだけでした。肝心の専門家は島田の主張はタチの悪いいたずら書きだと洟も引っ掛けず、フルベッキ騒動はあえなく埋没します」

ユカは神妙な表情で、紅茶を呑みながら座りなおす。

「再び世を騒がしたのは、意外と最近のことです。二〇〇四年の十二月。今度は写真がなんと朝日、日経、毎日の紙面を派手に飾りました。複製写真の販売広告としてね」

「一流紙に？」

「『幕末維新の英雄が勢ぞろい』という宣伝文だったらしいのですが、僕も目にしていません」

「タチの悪いいたずら広告ですか……気付きませんでしたけど」

「そう」

一枚十万円。広告主は、フルベッキ写真を豪華な額に入れ、高額で売り出したのである。

「志士の名前が記入されていたものだから、のどかな幕末ファンの心は、またまたかき乱されます」

「信じるでしょうね。一流新聞は、信頼のシンボルですもの」

「当然ながら、新聞社に問い合わせが殺到しました」

サンドイッチをもぐもぐと味わい、紅茶を呑む。

「あわてた新聞社は事実関係を調査。その結果、広告はなんのチェックもせずに載せたもので、志士たちの名前は確認されておらず、したがって以後、広告は取りやめる、ということであえなくお開きです」

「それっきり？」

「ええ、でも新聞社が、まじめに調べたという話は聞こえてこないから、たぶん何もやっていないはずです。このお宝どう思います？」

指先で、とんとんと写真を突いた。

「一人一人の合成写真ということは？」

「いや、それはありません。本物の写真で、専門家は一致しています。問題は、名前ですよ」

「先生のお考えは？」

ユカが紅茶を呑みながら、涼しい目を輝かせた。顔は白く、目には好奇心があふれている。

「難攻不落……」

「でも有名志士のそろい踏みなんて、常識では考えられません」

「たしかにそうです。僕もはじめはそう思った。しかしですね。常識という杓子定規な先入観にこだわると歴史の発掘は、おぼつきません。だいいち面白くない」

諭す口調で言いながら、さっきの小松帯刀の写真コピーを黙って置いた。

並んだ二枚のコピー。

「わあ、けっこう似てる……」

「瓜二つと言っていい」

「撮影は慶応元年の二月ですか、あら……」

と読んでから、ユカは望月が気づいたのと同じ間違いを指摘した。

「慶応元年に、二月はないですよね」

歴史教師だけあってわきまえている。

「そう、二月はまだ元治。稚拙な間違いで、そこにお粗末さが表われているのですが、お粗末はこの写真のせいじゃなく、書き込んだ人物の責任です。今はその誤りを無視して顔だけに集中しましょう」

「元治二年二月だから……一八六五年、陽暦に直すと二十日は狂ってくるから、三月あたりかしら」

望月は、紅茶を呑みながら頷く。

「この時期については正確なんですか？」

「そこです、肝心なのは。インターネットでも意見が分かれています。主に三つの説がある。目立つのは明治元年説と明治二年説の二つ」

「もし明治なら、坂本龍馬と中岡慎太郎は暗殺されているから、写真の人物は確実に別人ということになりますね」

「そう、ペテンです。逆に写真のとおり、一八六五年なら、本人という可能性は残されています。あくまでも可能性ですがね」

「ええと……その時代は――」

ユカが史軸のもつれをほぐすように語尾をのばした、

「薩摩藩と長州藩が共に英国に接近し、太いパイプを構築し終えた時期ですよね」

「そのくらいは、歴史の先生です」

ユカが微笑みながら、写真に目を落とす。

「これがまさに瞬間を切り取った決定的な一枚だったら、わたしも飾っておきたいくらい。だっていままで見た中で、この龍馬が一番かわいいんですもの。あら……」

ユカは目を丸くした。

「この端に勝海舟……似てる!」

「そう? 似てないと思うけど。勝はもっと丸顔だと思いますよ」

「えっ、そうですか、わたしの中では面長です。この禿げ上がりの具合もぴったりだし」

「目の大きさが違います」

「先生、都合の悪い場なら、わざと目も細めて分からなくするくらいのことはすると思います」

優雅なたたずまいで反論した。

ユカは背格好、顎のライン、雰囲気までを並べ立てて譲る気はないようだった。

現存する勝海舟の写真は、ほんの数点だ。

ユカも望月も、すべての写真を見ているはずである。二人は同じ数枚の視覚情報を受

比較写真 2

明治初期に撮影された、和装姿の勝海舟（左）。右は「フルベッキ写真」で勝海舟と名が書き込まれた人物。額や口元など類似点はあるが……

け、判断しているのだが、こうして意見がはっきりと分かれた。

個人の印象、思い入れは、あまり当てにならない。【比較写真2】

ビジュアルによる比較が難しいなら、どうやって真贋を確かめるのか？

もっとましな方法があるだろうか？

唇に指先を当て、じっと写真を見つめていたユカが蒸し返すように言った。

「勝海舟は幕府の人間ですよね」

言わずと知れた、幕府の重要人物である。

「そうです。この人物が仮に勝だとしたら、写真の中で幕臣は勝海舟一人。ほかはみんな革命派です。歴史を少し知っている人ならなぜ、こんな所に紛（まぎ）れ込んでいるのか、違和感を覚える一枚です」

望月は意味ありげな視線を送った。

「でも先生は、以前から勝海舟スパイ説ですよね」

「スパイというならスパイでしょう。勝は幕府に身を置きながら、革命派に通じています」

「でしょう？　革命派の秘密の集まりなら、勝海舟がここにいても場違いじゃないですよね」

アーネスト・メーソン・サトウの日記には、勝海舟の名前が頻繁に出てくる。

幕府が革命軍に追い込まれたぎりぎりの時点でさえ、勝は英国公使パークスとサトウに接触し、重要な場面で決定的な役割を演じているのである。

おおむね坂本龍馬を介してのことだが、勝は薩長ともねんごろなのだ。

これらの事実から、勝海舟は幕府、革命勢力、英米、三つの軸足を持っていたことが分かる。

このことは、もはや保守的な歴史家の間でさえ常識となっている。

「勝海舟の日記は有名だが、都合の悪いことはすっぱりと飛ばしています」

「私のようなヘボ教師は、煙に巻かれっぱなしです」

「知も情もたっぷりありますからね。それによくホラも吹きます」

望月は、大好物の粒餡豆大福に手を伸ばしながらしゃべった。

「有名なのは『追賛一話』です。龍馬は最初、事と次第では勝を斬るつもりで自分に会いに来たけれど、勝の話に龍馬がすっかり感服して、その場で弟子にしてくれと土下座したなんて自慢話を書いていますが、どうやら斬りに来たなんてことはなかったようです」

「どこかチャーミングで、女性にモテそうですよね」

「時代にもモテた男ですよ」

一口に食べ、心地よい歯応えを感じながら続けた。

「ハッタリは、混乱期にはとてもよく効きます。せっしゃは英国側と極秘のパイプを持っている、と幕府のトップにささやく。確認の方法がないから幕府はその話に飛びつく。そうか、じゃお前を幕府の重要ポジションにつけるから、英国を味方につけてくれ、となる。一方の英国に対しても、己と将軍徳川はツーカーだと売り込んでいます。英国は確認できないから、まあ頼むか、となる。そうやって、ホラやハッタリをかましながら、英国と関係を強化していって、新政府でいいポジションを獲得した連中は少なくありません。身過ぎ世過ぎの大言壮語」

「明治の高官は、ハッタリ名人なんだ」

そう面白がってから、ユカは熱のこもった教師然とした口調で続けた。

「咸臨丸（かんりんまる）でアメリカに渡った後、勝はアメリカ寄りになります。それはそれは幕府とは関係のない、度をこした個人プレーです」

「その挙句、勝海舟は長男の小鹿（ころく）をアメリカに留学させてしまいます」

「留学の時期があきれるほど問題じゃないですか？」

「はい、腰を抜かすほど」

「維新の前年ですよね。幕府勢力が命がけで戦っている最中に、こっそり息子を留学というか、さっさとアメリカに逃がしてしまうんです。これって幕府に対する、あからさまな背信だわ」

「家族ぐるみで戦った会津（あいづ）からみたら、とんでもない裏切り者です」

紅茶を呑んで付け加えた。

「よく言えば世渡り上手。悪く言えば計算高い。明治新政府でも、ちゃっかり海軍トップの座を射止め、挙句に伯爵という華族にまでなっています」

「幕府に対する裏切りは、新政府に対する功績ですもの」

望月は同意した。

じっさい、ご一新の後、高級官僚におさまった幕臣は、おおむね裏切り行為に対する恩賞だと思っていい。勝海舟の優雅な暮らし。そこから肝（きも）を潰すほどの闇の功績が浮き彫りになる。

「さっきの写真に戻りますが、長男小鹿をアメリカにやったのは、この写真の真ん中に座るフルベッキなんです」

「ほんとですか？」

望月が目を丸くした。

「ええ、アナポリス海軍兵学校への橋渡しはフルベッキです」

望月は残りの豆大福を口の中に放り込み、うーんと思案気に腕を組んだ。

——勝とフルベッキ……——

勝が、討幕派の志士やフルベッキとこうして仲良く収まっていたとしても、不思議じゃないどころか、ますます当たり前に思えてきた。

ユカを見て、写真に目を落とした。

謎がひしめいている。

四十四名の志士。

もしここに書かれている名前が本当なら、若者の四分の一は暗殺、処刑、自刃という悲劇に見舞われている。

絵空事ではない。史実だ。歴史という迫力、事実という重み。

望月は視線をゆるめた。窓の外に移し、庭に落ちた赤い椿の残骸を眺める。淡い光が気高くも美しく照らしていた。幕末に散らした彼らの鮮血のように思えた。

望月は視線を戻してしゃべった。

「写真に名前を書き込んだ人物は無知じゃないことは確かです。我々をこれだけ振り回すくらいだから、歴史を研究したかなりの労作で、顔と名前を一致させるということでは善戦しています。ただ一人を除いては」

ユカが先を促すように視線を合わせてきた。

「西郷隆盛です。イメージとはほど遠い」

「イメージって、顔の？」

「はい」

「先生、西郷さんの写真はこの世に存在しないんですよ」

「どういうことです？」

「よく見かける西郷さんの顔は、肖像画なんです」

「……………」

「イタリア人のキヨソーネという画家が、西郷さんの叔父と弟の写真から想像して描いたもので、それを見た西郷さんの奥さんが、思わずこんな顔でなか！ と叫んだというエピソードがあって……」

「ふーむ」

望月の疑問はうたかただった。

「それじゃあ、世に知られている西郷の人相は、女房お墨付きの他人顔ということですか
……」

望月が、語尾を沈めながら思案げに続けた。

「だれも本物を知らず、よってこの写真の西郷を否定できない……」

「なんだか怪しくなってきましたね。真ん中に座っているフルベッキは、絶対本物ですよね？」

「フルベッキの写真はたくさん残っています。間違いありません」

「宣教師でしょう？」

「そう」

「宣教師が、どうして侍の真ん中に座っているのかしら」

フルベッキについては、俄か知識を得た望月の方が知っていた。

「フルベッキは目立たない男ですが、実はとんでもない怪物でしてね」

「怪物だなんて、こんな穏やかな顔なのに」

「いやいや、ユカさん。この男ほど、革命新政府建設に深くかかわった外国人はいないのですよ。写真を見てごらん。フルベッキの両脇にだれの名前が書かれています？」

「えーと岩倉具定と岩倉具経、それに岩倉具綱……」

と、ユカが声を出して読んでから付け加えるように訊いた。

「明治天皇をあやつっていた明治の大政治家、公家の岩倉具視の息子たちです。でも先生、この子たちは本物ですか？」

望月がゆっくりと頷いた。

「インターネットによると真ん中のフルベッキ、両脇の岩倉の息子二名についての異論は、どこからも出ていません」

「ということは二人は本物？」

「本物です」

ユカは空想が先走るたちだ。じっと写真を見詰めている。

「ちょっと気味が悪い。いったい、これはどういう写真なんですか？」

真剣な眼差しには、心なしか怯えが混じっているようだった。

望月の気持ちも変わってきた。

俗説を甘受する気持ちはないが、降りる気もないという意志が顔つきに表われている。

――人知を超えた写真なのだろうか……――

刺激物が胸に注がれている。心臓が高鳴っていた。

しだいに探究心がむくむくと頭をもたげ、大きな場所をしめ、気がつくと送り主の岩本光弘という人物に、一度会ってみたいという気持ちが固まっていた。

2――宣教師・フルベッキ

「写真」の伝説

しっとりと小糠雨が降っていた。

いつになく静かな午後、冷たい雨に洗われた草木の深い緑。穏やかな慈愛と平安が時を刻んでいるようだった。

望月は、横浜のホテルニューグランドを選んだ。

一階のコーヒーラウンジ。物思いにふけりながら、窓から濡れた暮れなずむ通りを眺め、カフェオレに口をつける。

ふと我に返って視線を店内に戻し、腕時計に目を落とす。四時三十三分を指している。約束の時間はとうに過ぎていたが、待ち人は現われない。

携帯を取り出し、先方に電話を入れてみる。

虚しいコールが十回。だれも出ない。

独り者で、家人はだれもいないのだろうか？　そう思って電話を切る。

手紙でも電話でも、どこかつかみどころがない。最後のカフェオレをすすって席を立とうとした矢先だった。

左手から、かすれた声が聞こえた。

「望月先生」

甲高い音域は、電話で耳にした声に違いなかった。

岩本光弘。

まず目に飛び込んできたのはキラキラと光る白髪、そしてやつれた頬。足腰が弱っているのか、関節を軋ませるようにゆっくりと近づいてきた。

「遅くなってすみません」

岩本はその場に立ち止まると、鞄を抱えたまま白くなった頭を丁寧に下げた。

「探しもので、時間を食ってしまいまして……」

望月が挨拶のために立つのと、岩本がゆっくり座るのが同時だった。

タイミングが合わず、バツの悪さに苦笑いを浮かべたが、相手に気にする様子はなかった。

手を上げてコーヒーを頼んだ。望月もお代わりを催促し、改めて岩本を見てたじろいだ。

面食らったのは、服についている十円玉くらいの大きな蜘蛛だ。グレーのよれたジャケットを羽織っているのだが、ちょうど肩甲骨あたりに真っ黒な蜘蛛が貼り付いていたのだ。

あっと声が出掛かったが、すぐにオモチャだと分かった。ゴムのような軟らかい素材の蜘蛛で、縫い付けてあるのか微動だにしない。

それればかりではなかった。ジャケットの左袖口だ。捲り上げているので、下からワイシャツの袖が露出しているのだが、そこには今にも飛び立ちそうな鮮やかな紫色の蝶が止まっている。こっちは、輪ゴムでシャツの袖の上から留めているのが見て取れる。

昆虫はまだあった。本物と見まがう蟬のペンダントが、所在なげに胸元で揺れている。

――この姿を、どう解釈したらいいのだろうか？　頭のネジが飛んでいるのか、あるいは昆虫パラノイアか、それともおちゃめな趣味なのか？――

風変わりというより、不気味な感じがした。

望月の思いを余所に、岩本は周囲にさっと目を配ってから、出し抜けに本題に入った。

「先生、フルベッキ写真のことで」

辺りを気遣うような小声である。

「なにか分かりましたか？」

「今のところはまだ」

望月は首を横に振った。

「感じませんでしたか？」

「なにをです？」

「包まれているものです」

「包まれているもの？」

「そう、宿っているものですよ」

意味を計りかねたが、曖昧に否定した。

「あの写真を疑っているんですか？」

細い目が、正面から望月の表情を覗いている。何かを試しているような視線だった。

「そういうわけじゃないのですが、手掛かりが見つからないものですから……」

「見つからない？　そんなことがあるものか」

吐き捨てるように言った。

和やかさが一瞬にして乱れ、下から厳しさが顔を出す。

三十分以上の遅刻、昆虫の奇妙な飾り、小さくない感情の起伏。

冷静な学者肌の人物だろうと思っていたのは、どうやら見込み違いのようだった。

ここに来たことを後悔した。しかし、せっかく横浜まで足を運び、なにも話さずに引き返すというのも癪だった。

話すだけ話してからでもいいだろう。

「岩本さんはパソコンをお持ちですか?」

気を取り直して話題を変えたが、そんなものは必要ないとぼそりと答えた。

参考までにと断わって、インターネットでつかんだフルベッキ写真の輪郭を説明した。

本物説、贋物説の両方が多数あったことを伝える。

本物説の主張はどれも弱く、ただむやみに本物だと吠えるだけで、あれもこれもきちんと立証するという意気込みすら感じられない。

したがって、熱心さという点で軍配は贋物論者の方に上げていい。

彼らは本気だし、まがりなりにも調査の痕跡が見られ、少なくとも手間と暇がかかっている。

贋物説に立つ、菊池という歴史学者の投稿もあった。

写真に写っているとされている主要人物をサンプリングし、彼らの足取りを追い、慶応元年（一八六五年）には長崎にいなかったという論陣を張っている。

だが、そのアリバイは大雑把すぎて使えないのも事実だった。

たとえば、菊池は公卿の岩倉具視を取り上げている。

岩倉は当時、朝廷から追放され、京都郊外、岩倉村に潜居を余儀なくされていたから、慶応元年は長崎には来られないはずだ。だから、その渦中にあってフルベッキ写真に写るわけはないと断定している。

たしかに一八六三年（文久三年）からの五年間は地下生活だ。

しかし、厳密にいえばそれは表向きだ。

岩倉の元には岩倉の息のかかった下級公卿集団である「非蔵人（ひくろうど）」、あるいは尊王派の薩摩藩士が密かに訪れていたという記録がある。ようするに潜居といってもおとなしくしていなさいというていどで、岩倉にしても変装し、お供付きで村を出た絵などが残っており、思いのほか監視はゆるい。いや、ないに等しい。抜けられたのである。

菊池が並べた他の被写体たちのアリバイ立証も、万事が荒削りだ。本物説に難癖をつけているために都合の良い記述を引っぱってきては組み立て、主張している印象はいなめなかった。残念ながら菊地に人をたぶらかす才覚はない。

X新聞も贋物説だった。

新聞記事には「こちら捜索隊」というタイトルがついていて、それをそっくりそのままインターネット上で公開しているのだが、これまた写真をデタラメだと断定するには詰めが甘すぎる。

X新聞の記者は、わざわざフルベッキ写真の撮影者だという「日本の写真の開祖、上野彦馬」の子孫に接触し、インタビューを施（ほどこ）している。

「根拠がないのに困る……」

子孫は、一刀両断に本物説を打ち消した。

フルベッキ写真を撮ったスタジオは、明治以降に作られたものであって、慶応元年には存在しなかったのだと言うのである。

岩本は届いたコーヒーに角砂糖を四個も入れながら、望月の説明を比較的穏やかな表情で聞いていた。

「インターネット上で」

望月がしゃべった。

「見られる他の贋物説も、おおむねこの子孫の話を盾としています」

「上野彦馬の子孫が明治だと言ったから、それをころっと信じる連中など実にくだらん。この日本には、効き目のない呪文を信じる単細胞が多くて困ったもんですわ」

鼻で笑った。

「スタジオ建設が明治以降だなんて先生、確固たる根拠でもあるんですかねえ?」

「知る限りでは、証拠はありません」

「でしょう?」

「ええ。彼は、慶応年間の彦馬の撮った他の写真には、どれもこの大きなスタジオが写っていないことをもって、そう主張するだけですから」

「写真がないからスタジオがなかった？　お話になりませんな」

ありありと軽蔑を顔に浮かべた。

「幼い時、我が家にも立派な納屋がありましたよ。しかしですな。数多く残っている写真の中に、その納屋は一枚も写っとらんのですわ。どう思います？　写真がないからといって、納屋の存在を否定しますか」

望月は物分かりよく微笑んで、同調した。

さらに子孫は、慶応説をこう斬り捨てているのだが、それは口にしなかった。

〈明治初年撮影とされている他写真に、このスタジオが写っている。故にフルベッキ写真も撮影は明治だ〉

これも岩本流に言えば、たわごとだろう。

同じスタジオ、イコール同じ時期とはならない。

すなわち子孫は、建築時期をなんら決定づける証拠を突き付けることなく、慶応説を闇雲に否定しているだけなのである。

子孫の話というお墨付きで片付けたい、というのは人情かもしれない。

しかし新聞社がそれをやっては致命的だ。

証拠にならないものを採用して記事にするくらいなら、他の事件だって、この調子でいくるめている可能性があって、危ない新聞とみられる。

本物説がいつも苦境に立たされるのは、本物の立証は困難だが、贋物だと騒ぎ立てるにはちょっとした不備を突けばいいだけだからだ。そこには百倍のハンデがある。

「先生」

細い背筋をしゃきっと伸ばして、岩本がしゃべった。

「写真スタジオの場所は、いまだに特定されていないのをご存知ですか？」

「そうみたいですね」

「判明しているのは長崎ということだけ。その先が不明です。もっと言えば、ほんとうに上野彦馬のスタジオなのかということすら、分かっていない」

不思議なスタジオ

望月の脳裏には、二日前の記憶が早送りでよみがえった。

週刊誌のインタビューで、カメラマンが家を訪れた時だった。

顔を出したのは、以前にも何度か撮ってもらった馬場（ばば）ちゃんと呼ばれているカメラマンだが、撮影が終わってからふと思いつき、フルベッキ写真を本職の目で見てもらうことにしたのである。

テーブルに持ち出した写真は、岩本から送られた不鮮明なコピーではなく、他から入手したもっと鮮明な代物だった。

馬場ちゃんは食らいついた。古写真に興味があったと見え、いい機会が巡ってきたとばかりに目を輝かせた。

「幕末当時の写真撮影現場は、大変だったんですよ」

露出時間のことを言った。撮られる方は数分間、ぴたりと静止していなければならず、そのための首を押さえる固定棒があった時代だとしゃべった。

「固定棒ですか……」

「もっとも、昔の武士は無口で動かなかったらしいですから、得意技だったかもしれませんがね」

自分で言って、しゃぶり尽くすように視線を当てる。と、なにがおかしいのか大きなお腹を揺すって笑った。

「ははーやっぱりそうだ」

写真を覗きながらしゃべった。

「当時は電気がないので、明かりは自然光を頼っています。この写真だって室内撮影に見えても、それは誤解ですね」

「室内じゃない？」

「はい、おそらくは天井はオープン状態。壁だってカメラの設置方向の一枚は取り払われている。コの字形です。それ以外に考えられませんよ」

望月は眉を寄せた。

「えーとですね。完全な室内だったら、蠟燭の光を当てることになります。でもそんな、たよりない光では、これほど明るい写真は撮れないんですよ」

「でも、どことなく被写体の影が薄い。屋外だったら、直射日光が当たるから人物の影はもっと鮮明になるのじゃないですか？」

「そうです。外なら影が鋭くなる。でも曇天だったら違います」

「曇り空……」

「いや晴天でもいいですよ。その場合は、薄い天幕のようなものを張って太陽を遮れば、こういうふうに影があいまいになるんです。いずれにしても、ここはいわゆるオープン・セットに間違いありません」

ここまで言って、馬場ちゃんはもぞもぞと頭を掻いた。

「でも、なにかおかしいなあ。これ」

「………」

「スタジオにしては微妙に中途半端なんです」

「つまり？」

「ここはスタジオですよね」

念を押してから言った。

「だったら、もっと完璧な舞台装置を作ってもよさそうじゃないですか」

「完璧な舞台装置？」

「上野彦馬といったら、写真でかなりお金持ちになっていたはずですからね」

昔の写真は考えられないくらい儲かり、記録によれば上野彦馬はけっこう過ぎる財を築いている。フリーカメラマンの馬場ちゃんは自分の恵まれない懐具合を思い出したのか、少しむきになって付け加えた。

「侍が座っている敷物、見てください。随分せこいじゃないですか」

ボロ毛布のようなものである。一理ある。

「これが明治の上野のスタジオなら、こんなみすぼらしい布なんか敷かないで、ちゃんとした舞台を作るはずです。それに全体的に、いかにも付け焼き刃って雰囲気ですよね」

さすがに、プロの目は違っていた。

「ここの左端にちらりと見える草履もおかしい。写真屋さんなんだから、無造作に置かれた草履が写っているのは、妙ですよ」

撮影場所はどこなのか？

寺社によく見られる中央の石畳、左手前に写り込んだ枝と草履、右端奥の影など「フルベッキ写真」には不可解な点が多い。どこかにオープン・セットを組んだのだろうか、興味は尽きない

（写真／学校法人産業能率大学所有）

「なるほどね、プロの構図としてはありえない？」

「ええ……あれっ」

つかの間口をつぐんだ。

「草履が放り込まれている所……なんですかこれ？　枝ですよね。木が植えられているんですか……」

「おそらくは」

「スタジオに、こんな木、植えますかね。やっぱりへんてこですよ。左壁の格子も分からないし、そしてもっとおかしいのは、真ん中の石畳です」

次々とおかしなポイントを指摘して、得意そうに望月を見た。

「石畳って、スタジオとして奇妙じゃないですか？」

「そうは思わなかったのですが、そう言われてみると……」

訝しげに首根をさすった。

「どうして石を敷くんです？　重くて面倒な石である必要はありませんよ。事実、世に知られている上野彦馬のスタジオの床は、木製ですよ」

勢いづいて続ける。

「それに石を真ん中だけに敷くなんてのも半端です。どうせなら完璧に敷き詰めますもん」

「なるほど……」

「それにここ」

指でとんとんと押さえる。

「右下……手前に見える横に伸びた敷石も、意味が分かりませんね。なんでしょう、これは？」

「やはりこれも通路みたいです」

望月も身を乗り出す。

「なんのための？　人が歩くためですか？　スタジオにこんなの必要ないです」

断定した。

「ひょっとして」

馬場ちゃんは考えるようにしゃべった。

「ここはスタジオとして作られた空間じゃないのかもしれませんよ」

「ほう」

望月は片方の眉を上げた。

「ほら、こうした石の通路は、よく神社とか寺で見かけるじゃないですか。うーん、どこかの敷地を借りてたのかなあ……」

なにかを読み取ろうとして、再びじっと目を近づけている。

「でも」

独り言のように呟いた。

「通路にしてもおかしいかあ……この石畳、歩いてゆくと、バックの壁にドンと突き当たるし……」

と盛んに首を捻っている。あざむかれまい、誑かされまい、とでも思っているのか、首筋をとんとん叩きながらしばらく眺めていた。

自分なりの結論がでたのだろう、首筋をこすりながら視線を上げた。

「やっぱりこの石畳は、通路以外考えられません」

しかし、口にしたのはこれだけだった。

「では、どこに行くためのものでしょうか？」

望月は空に疑問を投げ、二人でまた写真に注目した。

人間に隠れて見えないが、石畳がそのまま延びると確かに壁に行き着く。行き止まりだ。

「最初に、石畳の通路ありきです。それしか考えられません」

と馬場ちゃんが続ける。

「神社か寺の敷地に簡単な壁を立てて、セットを作ったんじゃないでしょうか。だから石畳とか、植木とか変な格子の壁みたいのがそのまま残った」

「なぜ、わざわざ無理やりこしらえたのです？」

「大きなスタジオがなかったので代用したのではないでしょうか？」

即答した。

「おそらくまだ金がなくって、スタジオが作れなかったと思うんです」

「うん、考えられます」

望月は、案外そんなことかもしれないと思った。

「ということは先生、上野彦馬がかけだしの時……、すなわち文久か元治か慶応……」

すんなりいく結論ではなかったが、スタジオについては、明治前の彦馬の貧乏時代のものではないか？　なんとなくそんなふうに二人の会話はおさまった。

そうはいっても馬場ちゃんは、あきらめきれないのか時間をたっぷりかけて何度も舐めるように写真を眺める。

そして唐突に口を開いた。

「これ、ほんとうに上野彦馬が撮った写真なのかなあ？」

予想外の意見だった。

「どういうことです？」

「いえ、やっぱり草履がね。僕だったらその部分をカットです」

望月も写真を見下ろす。

「カットすると、たぶん左端の人間が窮屈になります。バランス上できなかったんじゃないですか？」

「では、右の出入り口はどうですか？　黒い人影のようなものが写ってますよね」

「うん？」

望月が首を傾げた。

「たしかに……」

「よく分かりませんが、外套かなにかが掛かっているのかもしれませんが、これだって普通のカメラマンなら外します」

「気付かなかったというのはどうですか？」

「先生ぇ」と反論した。

「上野彦馬という人は、幕末写真家の第一人者なんでしょうよ」

「はい」

「それならファインダーを覗けば、どこまで入るか一発で分かります。草履や外套の位置くらいは全部お見通しです。だったら、なぜ余計なものは除いて、あらかじめ処理しなかったんですかね」

「ははあ、それで本当に上野彦馬の作品かと疑ったんですね」

「そうです。プライドあるカメラマンなら、みっともなくって余計なものが写った写真な

「もう一枚の写真」があった!?

長崎の英学所・済美館の学生に囲まれたフルベッキ。撮影場所は群像写真と同一だが、ボケていてカメラマンとしては腕が落ちる。

んて、客に渡さないです……よ」

語尾が小さくなった。

「どうしました？」

「いえ、なんだか辻褄が合わなくって」

馬場ちゃんは突き出たお腹の上に組んだ腕をのせ、さかんに首を振った。

「画像の鮮明さでいうと、ものすごいんですよ。こんなに大勢で写っているのにぜんぜんぶれてない。この時代、こんな良質な写真はめったにないんです」

「……」

「でも構図は、どこかに無理があって素人っぽい。そして写真そのものは、ずば抜けていい。いや、もう魔力的でさえあります」

そう言って、うっとりと大きく息を吐いた。

——魔力的……——

望月も同じことを感じていた。一度眼にすると離れがたく、迷宮にのめり込み、最後には取り憑かれるという感覚だ。

呑み込まれていくような……。

お手上げといった感じだったので望月はもう一枚、別の写真を出した。

「これはどうです？」

「あっ、この石畳……同じ場所じゃないですか……」

長崎にあった英学所、済美館の学生たちと撮ったとされる通称「済美館生徒とフルベッキ写真」である。

「こっちの方は、撮影年代がわりとはっきりしていて、明治になってからのものと言われています」

馬場ちゃんは、居住まいを正して見比べた。

「フルベッキ写真の方が、ぜんぜん腕が上です。同じ場所でこうも違いますかね。で、済美館の写真の方が、新しいですよね。明治だというのもうなずけます」

「どうして？」

「だって真ん中辺に髷を落としたザンバラ髪の武士が、一人いるでしょう？」

「なるほど、頭ですか……たしかにザンバラ髪は新しい時代の象徴かもしれないが、一人だけじゃちょっと弱い。よく見てごらん。月代の男が四人います」

「月代ってなんですか？」

「頭のてっぺんを剃りあげるスタイルです。月代は昔の武士のこだわりで、明治では少々流行遅れ。でもこの写真は、古い月代軍団が多い」

「ふーん」

「その点、こっちの方はどうでしょう？」

フルベッキ写真を滑らせる。

「先生、一人もいないじゃないですか。ということはフルベッキの方が、時代が新しいということですか……」

「いやいや、ところがです」

望月が続ける。

「今度は、髷を落とした武士が見当たりません。もしも明治の写真なら、ザンバラ髪が五、六人いてもいいと思います……」

どっちにしろ髪型は決め手にならない。

後世、語り草になった謎の写真は見れば見るほど、場所も年代も四方八方に広がって行くばかりで、収拾がつかなかった。

結局途中で投げ出してしまったのだが、二人とも肝心な何かを見落としているような、居心地の悪さを宿していたのは確かだった。

フリーメーソン

外は暗くなり、雨脚はますますひどくなっていた。

コーヒーラウンジの窓の外が、墨のように黒くそまっている。その向こうは海である。

望月は、馬場とのやりとりの一部を説明した。

岩本は持っていたカップを置き、納得したように深く頷く。

「フルベッキ写真は慶応ですよ。慶応元年。疑いようもなくね」

「なぜ、そうはっきりと断言できるんです?」

「決まっているじゃないですか。先生は明治だと?」

「かもしれない」

「ありえませんな」

「材料が少なすぎて、気のきいた献立ができません」

いやみなく微笑んだ。

白髪をかき上げ、しげしげと望月を見詰めた。

「まるで超常現象でも目にしているような顔ですな、先生。証拠は写真の中の人物です」

鞄の中から写真を取り出し、無表情で突き出した。

「ヒントの一つは、フルベッキの横にいる子供ですよ。いくつに見えます?」

「せいぜい四、五歳でしょうか」

「でしょう。だったら決まりです」

抗わずに頷いた。

「いいですか? この子の名はウイリアム。フルベッキの長男です。ウイリアムは一八六一年(万延二年)一月十八日、長崎に生まれている。で、その坊やが四歳なら一八六五年、まさに慶応元年じゃないですか」

「そういう推理ですか」

「仮に明治元年説なら、ウイリアムは七歳か八歳になっている。もう一度じっくり見てください」

にこりともしない視線が、写真と望月を往復した。

「この顔はどう見ても七、八歳ではない。違いますか?」

念を押されなくとも、たしかに三、四歳の顔である。今までは武士たちばかりに目を奪われ、子供に注意が向かなかったのだが、言うように決め手のひとつになると思った。

岩本は風変わりだが、言っていることに無理がない。

彼は追加のコーヒーを頼んでから、長崎生まれで、そのまま十七歳まで日本で育ったというウイリアムについて話しはじめた。

「したがって、日本語は完璧でした。その後ニューヨークに渡り、陸軍畑を歩き、とうとうマンリアス陸軍学校で校長まで上りつめている」

ここで言葉を止め、探るように周囲に真剣な目を配った。それからまた、ぼそぼそと話し始める。

「一口に陸軍学校の校長といいますが、大変なポジションです。そのころの軍隊は、想像できないほどの尊敬を集めていますからな。まだ空軍がありませんでしょう、陸軍は花形中の花形、ウイリアムはエリート中のエリートなんですよ」

「……」

「アメリカのエリートというのは、社会活動に打ち込まなければいけません。そうでなければ、上流階級として認められんのです。ごたぶんに漏れずウイリアムもボーイ・スカウトやロータリークラブには熱心に取り組んだ。しかし」

岩本は、ここで言葉を区切り、秘密を打ち明けるように言った。

「注目すべきは、彼のもう一つの顔、フリーメーソンです」

「えっ」

腹の底から驚きが湧き上がった。

フリーメーソンは、望月の興味の対象であり、専門だった。

『龍馬の黒幕』でもその組織を深く掘り下げ、ストーリーの柱の一本に仕上げている。

「自由」「平等」「兄弟愛」を標榜(ひょうぼう)し、かつて、そのためなら血を流すこともいとわなかった世界的な秘密結社である。

フリーメーソンが取りざたされている大事件には、輝かしいアメリカ独立戦争とフランス革命の二大革命があり、世界大戦時のヨーロッパ・レジスタンス運動でも、その功績はずば抜けている。

特に建国当時のアメリカはすごい。

初代大統領ジョージ・ワシントンを先頭に、国会議員といわず地方議員といわず一大勢力を政治の場に送り込み、メーソン国家と呼ぶにふさわしい勢力を形成している。

今もイリノイ、ネブラスカ、アイオワ、ウエスト・バージニア、ペンシルバニアの各州にはメーソン・シティ、メーソン・タウンというメーソンを冠した名の街が散らばっており、アメリカ建国当時の勢いを残している。

望月は日本の明治維新革命過程にも、同じパターンを読んでいた。

調べれば調べるほど、維新の周りにはフリーメーソンが存在し、どう割引いても新政府には彼らの何かが染み込んでいるようだった。

馬鹿げた空想ではない。数々の証拠から幕末のフリーメーソンは、内向きにも外向きにも決して無視できるものではなかったのだ。

ここでもう一人、フルベッキの長男が加わった。

長崎育ちのウイリアムが加盟していたとなると、明治維新とフリーメーソンの関係がますます強いものになってゆく。

頭の中で、フリーメーソンという言葉が二、三度躍った。

「ウイリアムのことは、どうして分かったんです？」

「本です。『日本のフルベッキ』、まだ読んでませんね？」

顔はひょうひょうとしているが、岩本という老人は粘り強い話し方をする。

「パラパラとだけは……」

「先生、そのくらいは精読してもらわんと写真の解明はおぼつきません」

不服そうに言った。

岩本の言うとおりだった。写真の謎解きは、まずその中心に座っているフルベッキを知らなければ、お話にならない。

それで、あちこち資料を探したのは事実だ。だが彼に関する本は意外と少なかった。しかも、どれもが昔の本で、捕まえるには神田（かんだ）の古本屋街を数日巡る、という労力を要したのである。

それはそれで楽しかったが、結局収穫は五冊だった。

薄めの本から順番に読み込んで、最後の一冊だけが残っていた。

今、岩本が口にした『日本のフルベッキ』だ。

別に驚くべきことではないのだが、この分厚い本の表紙は、問題の「フルベッキ写真」が使われている。

本は一九〇〇年、ニューヨークで出版されたものを、百年後の二〇〇三年に大学の村瀬(むらせ)寿代(ひさよ)講師が日本語に翻訳し、豊富な解説を取り込んだ労作だ。

原本は同じ宣教師、ウイリアム・エリオット・グリフィスという人物である。

グリフィスはフルベッキの教会仲間だ。

フルベッキの求めに応じて日本に来た男で、一八七〇年(明治三年)の暮れ、十二月二十九日、横浜に入港した。

来日早々、東京でフルベッキの家に転がり込む。その後福井藩で十カ月ほど理化学を教えてから、再び東京に戻って東大の前身、南校(なんこう)の教師になっている。

当時、南校の教頭はフルベッキだ。

したがってグリフィスは間近に彼を見ることになる。

フルベッキは無口だ。無駄口を叩かない。

グリフィスが秘密主義者とまで愚痴っているとおり、彼の書き残した書類は、すべてにおいて意図的に重要部分を除外した不自然で不完全なものになっている。

それだけ秘密に携わっていたということだ。

本を購入した時、望月はざっと目を通しただけである。

岩本によれば、巻末には長男ウイリアムの華々しい経歴と共に、はっきりとフリーメーソン加入と記述があり、そのひとつだけでも、この本は価値があると言った。

「ウイリアムがフリーメーソンなら、おやじのフルベッキだってそうです」

「証拠があるんですか？」

望月は目を見開いた。

「証拠？　だって先生、フルベッキはキリスト教でもオランダ改革派の宣教師ですよ」

岩本の言いたいことは、分かった。

中世あたりからフリーメーソンはヨーロッパの支配者、カソリック勢力と激しく対立していたのだ。理由はフリーメーソンが科学を肯定し、カソリックは科学を否定していたからだ。

この世は神が創った。進化などあろうはずがない。地動説を唱えて歯向かったガリレオはじめ、何十、何百という科学者、哲学者たちを処刑し、残酷に弾圧したのは有名な話だ。

カソリックは科学者を容赦なく葬（ほうむ）った。

それに対してフリーメーソンはもともとが石工（いしく）集団。職業上、どうあっても物理、化学とは不可分である。

その結果、カソリックはフリーメーソンを丸ごと弾圧し、フリーメーソンはそれにしぶとく対抗した。

両者は長きにわたって、血で血を洗う抗争を繰り返してきたのである。

その点、オランダ改革派も同じ反カソリックという立場だ。プロテスタントと共に相当数がフリーメーソンに流れ込み、一緒に戦い抜いた事実がある。

岩本はそのことを言っているのだ。

しかし、だからといってオランダ改革派、イコール、フリーメーソンではない。

「それは岩本さんの、個人的な意見ですね」

「先生、軸を外しちゃいけません。密度と重みから、フリーメーソンとオランダ改革派の二者は共通の敵に向かう同志。ほとんどがダブっている」

憶測と事実は違うが、余計なことは言わなかった。

「私はね、先生。グリフィスだってフリーメーソンだと思っているくらいなんですよ。というのも」

ぐいと身を乗り出し、再び声を低めた。

「グリフィスは、『明六社（めいろくしゃ）』の結成に加わっているんです」

「明六社？」

話は、どんどんと妙な方向に広がってゆく。しかし、これもぴんときた。

「明六社」というのは、明治六年（一八七三年）に設立したから「明六社」なのだが、森有礼たちが中心となって西洋文明国的な啓蒙活動を目的として作った団体だ。

ちなみに森有礼は薩摩藩士だ。伊藤博文の元で初代文部大臣になり、一橋大学の前身を作った人物としても知られている。

森有礼は斬新な青年だった。

英国、米国と二カ国の密留学経験を持つ森は、キリスト教に深い関心を示し、大胆にも国語の英語化を新政府に提案しているのである。

これが無骨な国粋主義者をいたく刺激、ついに暗殺されてしまうのだが、望月の関心の矛先は森もさることながら、他の有力な「明六社」のメンバーについてだった。

西周と津田真道である。両人は、フリーメーソンになった日本人第一号と第二号なのだ。

時は一八六四年。

オランダに留学中、ライデン市にある「ラ・ベルトゥ・ロッジNo.7」の門を叩き入会している。

福沢諭吉も「明六社」の会員だが、その存在感は意外に薄く『明六雑誌』に載った論文の数では、津田真道が二十四編と群を抜いて多い。続いて阪谷素が十六編、西周の十三編、そして森有礼の七編となっている。ちなみに福沢は、わずかに三編だ。

グリフィスは、その「明六社」の正式な通信員だったというのだ。

「明六社」の通信員というのは、だれでもなれるというものではない。厳しい審査があって、会員の三分の一の賛成を必要とする。

フリーメーソンの西と津田が牽引する「明六社」。その通信員であるグリフィス。

さらにはフリーメーソンであるフルベッキの長男ウイリアム。

世界最大の秘密結社が、グリフィスとフルベッキの両人のすぐ身近まで忍び寄っている。

――いったいそれは、なにを意味するのだろうか。岩本が指摘するように、彼らこそがフリーメーソンそのもので、ひょっとするとこの写真は……――

心が昂ったが、望月は自分が信じかけている話の馬鹿馬鹿しさから緊張をほどき、心の中で苦く笑いながら、コーヒーカップの取っ手をつまんだ。

岩倉使節団の立ち寄り先

「フルベッキは謎の人物です」

「ええ」

と望月が相槌を打つ。岩本は、辛気臭い手をもぞもぞと床に伸ばした。腕に付いている蝶がおかしい。

「この個所を読んでみてください」

茶色い鞄の中から、ご執心（しゅうしん）の『日本のフルベッキ』を取り出し、勘でページを開いた。

フルベッキがジャン・メーソン・フェリスに宛てた手紙の意味深な個所だった。

フェリスという人物は、フルベッキのボスだ。ニューヨーク在住の神学博士で、オランダ改革派教会の外国伝道局の責任者でもあるが、ミドルネームにメーソンが入っていることから、祖先は間違いなく石工である。

世話好きなフェリスは、日本とは深くかかわっている。幕末から明治にかけてフルベッキが送った多数の日本人留学生を温かくとりはからい、日本人留学生の父と仰がれるほどの親日家だ。

その功績もあって、現在お嬢様学校で有名な横浜のフェリス女学院の校名は、フルベッキのボス、ジャン・メーソン・フェリスとその父、アイザック・フェリス博士に敬意を表して付けたものだ。

（一八七二年、八月六日付　フェリス宛）

〈申しわけありませんが、公開を申し出ることは絶対にできません。私がやっていること

を公にしてしまえば、この国での私の役目は終わりです〉

息を呑んだ。

いきなりものすごい文章である。

フルベッキは、いかに上司であっても、日本での行動は秘密だと告白しているのだ。おそらくボスのフェリスに、お前は宣教師として派遣されているのだから、すべてを報告するのが本部に対する義務だ、と命じられたのだろう。

それに対して、バラせば自分は終わりだ、と切に訴えているのだ。

不穏な手紙に、思わず身を乗り出したほどである。

〈この国の人たちは、私がやっていることや彼らについて知っていることを、私が口外しないとわかっているからこそ、私に絶対的な信頼をおいているのです〉

日本政府は、フルベッキの口の堅さに頼っているのだと、必死に抗弁している。

〈新聞に出ていることは表面的なことです。掲載されないことの方が重要です。総理大臣で全権大使の岩倉が一度ならず、「難局から日本政府を救うために貢献してくれました」

と私に告げました。

そして使節団は出発し、アメリカに向かいました。あなたにお会いして、本当のところをすべてお話しできればと思います。しかし、今はほんの概略しかお伝えできません……〉

かの有名な「岩倉米欧使節団」について述べている個所だ。

望月の額の裏には「岩倉米欧使節団」という表題が点滅した。

こいつは、とんでもない使節団だった。

日本史上、いや世界の歴史上でも空前絶後の出来事だといっていい。

米国に出発したのは一八七一年（明治四年）十二月二十三日だ。

ざっと見てもそのメンバーたるや、身震いするほどの豪華版である。

岩倉具視、大久保利通、木戸孝允（きどたかよし）、伊藤博文……当時の日本政府の頂点をそっくり削（けず）り取ったような顔ぶれ。さらにそこに、エリート官僚などが加わって総勢百七名という、たまげるほどの布陣である。

また、日程が想像を絶する。

アメリカに二百余日、イギリスに百二十余日を含む計六百三十一日。

二年近くだ。

日本の首脳陣がごっそりと自国を空けてしまうわけだから、もし船が沈没したら、いったい国はどうなるのか？　そんなリスクなどまったくお構いなしの強烈な大計画と言っていい。

この立案者は、だれあろうあの写真の中心に座っているフルベッキなのだ。

人は見かけによらない。無難でおもしろみに欠ける宣教師が、陰で一国を操っている。あの取り澄ました顔の男がである。

発端は維新革命の火種がいまだくすぶり、秩序も回復していない一八六九年（明治二年）六月のことだった。

企画書はひそかにフルベッキの手によって作られ、大隈重信に渡されていた。

フルベッキはそのことをすっかり忘れていたらしいのだが、二年後になって、ひょっこりと事実上の総理大臣、岩倉具視から声がかかった。

会ってみれば、混乱する新政府の立て直しと、外交の相談だった。

外国との条約更新は迫っていた。

約八カ月後の一八七二年七月五日。これが条約の切り替え日だ。

新政府はそれを好機と捉え、なんとか不平等条約を改善したい。だがまったくの無策、途方に暮れていたのである。

「どもならん」

憔悴しきった岩倉は、口癖の「どもならん」を連発した。

耳打ちしたのが大隈だった。以前に手にしたフルベッキの使節団構想を思い出し、そっと打ち明けたのだ。

政府のトップ自らが外国に乗り出す。

日本政府はいかに安定しているか、政府の高官はいかに教養人かを海外にアピールし、直接交渉に当たるというものだ。

目を丸くする岩倉に、大隈はフルベッキの『ブリーフ・スケッチ』の存在を伝えた。

膨大な企画書は、いたれりつくせりだった。

使節団が外国政府を訪問した際の、予測される外国からの要求とその想定問答集までが、手取り足取り事細かに記されており、完璧なまでの完成度だ。

岩倉は、それに光明を見出す。

南校（後の東京大学）の教頭として授業を受け持っていたフルベッキを呼び出した。

フルベッキの顔は端整だ。目も口も鼻も顎も上品に調和している。

頻繁に会合が持たれ、企画書を挟んでの息詰まる会談は、深夜に及ぶこともあった。

そしてついに岩倉は断を下す。

〈使節団は如何にして、この重要な仕事に対応できたのでしょうか。私の計画案によって

なされたのです。（略）そして使節団の旅程を計画しました〉

日本を、四十歳そこそこの一人のアメリカ人宣教師に託したのである。

明治天皇が、フルベッキ企画書を目にしてから約二カ月後、とにかく、とにかくあわただしく使節団は横浜を出発した。

次の行に、望月の目が釘付けになった。

〈我々の心にある目的とくらべれば、これらすべては取るに足らないことです。我々の目的と信教の自由にかかわることだけが重要です〉

「これはなんですか？〈我々の心にある目的〉とは」

望月は指で本の箇所を示し、思わず復唱した。

「分かりませんか？」

岩本がはじめてにやりとした。

「彼は宣教師だから、キリスト教を広めることが〈目的〉だと思うでしょう。しかしそれは的外れだ」

岩本は旨そうに注ぎ足されたコーヒーをすすり、柔らかな視線を寄越した。

ようやく核心に近づいてきた、とでもいった余裕ある眼差しだった。

「もし布教活動なら、なにも〈我々の心にある目的〉などと隠すことはない。そのものずばり、布教と書いたってなんら差し支えない。だってそうでしょう、その文のあとにすぐ〈信教の自由にかかわることだけが重要だ〉と、言い切っているくらいですから、あえてボカす必要はないのです」

まったくその通りだと思った。深く同意してから、望月は重ねて訊いた。

「〈我々の心にある目的〉……〈我々〉というくらいですから、上司のフェリスも知っている〈目的〉のように思えますが」

「そういうことです。ボスと部下二人の間だけに〈我々の目的〉という暗示で通じるものがある。しかも、その〈目的〉は、あの空前絶後の規模で行なわれた使節団さえ〈すべては取るに足らない〉と表現するほどの、大きな〈目的〉だと書いてある」

「大きな目的……」

この一言に気付いた者はいない。歴史家でさえも認識の外にあるものなのか？　こめかみの辺りがヒリヒリしてきた。

岩本は、また急に周囲に目を配った。

「ひとつは、フリーメーソンにかかわることではないかと思っているんですよ」

それには、あまりそそられなかった。

岩本はなんでも、そこに結びつけようとしている。俗に言う陰謀マニアというやつだが、少し気持ちが引いた。

それを見越したように、わざとゆっくりとした口調で言った。

「岩倉使節団が、ワシントンD.C.でどこへ向かったかご存知です?」

「国会議事堂とか、いろいろありましたね」

じろりと冷たい目で望月を見つめた。

「フリーメーソン・ロッジです」

「まさか」

たじろぎが大声になった。

岩本が慌てて望月を制し、周りに眼を配ってからさっきの分厚いファイルを捲った。

一枚の文庫本のコピーが現われる。

「ご存知でしょう? 久米邦武が書いた『特命全権大使　米欧回覧実記』」

むろん知っている。久米は佐賀藩士で岩倉使節団には公的な書記官として随行し、全行程にわたって詳しい日記をつけている。

「ここを読んでみてください」

岩本が指で示した。

〈十一日　陰　「マソニック、テンプル」ニ、陸軍ノ舞踏会アリ、招状来（きた）ル、只（ただ）書記官ノミ之（これ）ニ赴（おもむ）ク〉

そのとたん。望月は凍りついた。

マソニック、テンプルというのは、まさしくメソニック・テンプルのことだ。

有名なそのビルディングは今でも昔と変わらぬ場所に建っているのだが、分かりやすくいうとワシントンD.C.のフリーメーソンの本部、すなわち『グランド・ロッジ』のことである。

そこで開かれた、陸軍の舞踏会に招待されたと久米は記している。

「でも岩本さん、これは舞踏会になってますよ。しかも日本側は重要視していないと見えて、書記官だけが参加したとありますが」

「先生ともあろう方が、こういう記録を額面どおり受け取ってはいけませんな」

シニカルに笑った。

「久米はあらゆる対象物に目を凝（こ）らし、恐ろしいほど細かな記録をとっていますが、メソニック・テンプルの個所だけは違います。最低限の説明さえ一切なしです。そのそっけなさが、かえって怪しい」

異議は挟まなかった。

「岩倉使節団は夫人同伴ではないのです。もちろん久米も違う。それなのに舞踏会とは、笑わせるじゃないですか。しかもメソニック・テンプルは、パーティ会場としてふさわしくない」

「では、なにならふさわしいと？」

「儀式でしょうな。悟られないよう、男性ばかりのメンバーを陸軍と称し、儀式を舞踏会などと擬態した。なかなかやるもんです、久米も」

日本の夜明けを造った岩倉使節団が夜陰にまぎれて、フリーメーソン・ロッジにすっと呑み込まれる。その怪しげな光景を想像し、怖気を震った。

「先生」

岩本が詰め寄るように言った。

「フルベッキが提出した外交戦略を信じて、岩倉、大久保、木戸といったトップがごっそり日本を離れる。おかしいと思いませんかね、あんな空想的青写真だけで」

「フルベッキの才覚も、あったのではないでしょうか」

岩倉使節団が訪れた場所

使節団が舞踏会に招かれたというワシントンD.C.の「マソニック・テンプル」とは、フリーメーソンのグランド・ロッジに他ならない

「騙されてはいかん」

きびしい顔で言った。

「『論語』に、人徳があれば孤立しないという教えがありますが、事実とは違う。やはり権力がものを言う。権力のあるところに人は集まる。さもしいもんです、人間なんてものは。蜜に集まる蜂と変わりませんな。よこしまなんですよ。フルベッキは、その蜜を持っていたと断言できます。だから使節団はマソニック・テンプルで踊らされたんです」

岩本は自分の言葉に二、三度頷いて、フルベッキは米国政府の中枢とのパイプがあったのだと話した。

それはフリーメーソンという当時の救世主を通じてであり、岩倉使節団の連中の全員とは言わないが、しかし、随伴役を除外したかなりの中心的な面々には、あらかじめ夢物語が知らされていたのだと説明した。

「夢物語？」

「まだぴんと来ませんか。全能の神の格別な思し召しです」

「……………」

「全能の神に誓えば、世界のフリーメーソンとつながり、絶大なる権力が握れるという神聖なる空想、いや現実。だから彼らは大挙して国を空け、五カ月という長期間、ワシントンに張り付いていても、ぜんぜん無駄だとは思わなかった」

「それには、儀式も含まれていたと？」

「あたりまえです。滞在は五カ月。なんのための五カ月です？」

「その見立ては少々、おおげさではありませんか？」

望月の心はわさわさと騒いでいたものの、さすがにそこまでは及ばなかった。

「滞在が延びたのは、日米条約改正のためではありませんか？　ところが交渉に必要な天皇からの委任状がなかった。それを取りに一度、日本に戻らざるを得なくなったために、太平洋往復に時間をくった。だからそのための五カ月間だということになっています」

「笑わせちゃいけません」

乾いた息を喉から出した。笑ったつもりらしかった。

「委任状を取る？　だから超大物の大久保が帰国したですと？　往生際の悪い、言い訳だ」

「……」

「まあいいでしょう。帰国したのは天下の大久保と伊藤。それにしちゃ、日本に着いてからの様子が変だ」

「といいますと？」

「当時の大久保、伊藤の力を持ってすれば、天皇の委任状など、朝飯前です。それをあだこうだと、日本に五十日間も滞在してる。なにに手こずっていたんです？」

「周囲の妨害にあっていたからだと思います。外務卿の副島種臣にしても、外務大輔の寺島宗則にしても、天皇の委任状発行には、反対でしたから」

岩本は、露骨に苦い顔をした。

「天皇の委任状は岩倉、大久保、木戸が一度決めたことです。雲上人、別世界に住む彼らに、抵抗できるものなどだれもおらん。先生も、明治初期の空気を吸っていないから実感が湧かんのですな。身分は絶対で、まだ厳然と横たわるきびしい階級がある。副島だ、寺島だとその辺のひよっこどもが把になっても、岩倉、大久保、木戸、彼らのご威光に太刀打ちなどできるものではない」

「では……」

「納得がいきませんか？　ならば現代人でも、これなら想像できるはずだ。大久保、伊藤は自由に天皇に会える立場だ。それは認めますか？」

「ええ」

「なら委任状が欲しければ、天皇に会い、面と向かって、くれと言うだけです。簡単なことだ」

結果的に委任状は出ている。

たしかに、根回しを必要としていたわけでもないのに、委任状だけで五十日の滞在とは、いかにも長すぎることは長すぎる。

しかしそれに対しては、他の見方もある。

委任状ではなく、大久保たちが国情を心配したから滞在が長引いたという答えだ。

望月は、その見方を口にした。

岩本は、馬鹿馬鹿しいとそっぽを向いた。

「だれが国を憂えたと？　それじゃ再び日本を出国した二人は、それから一年と三カ月近くも、優雅にヨーロッパの外遊としゃれ込んでいるのはどういうことです？　国を危惧し、憂う者のすることとですかな」

「………」

「ワシントンからの急な帰国には妙な雰囲気が漂っている。隠されているものがあるに決まっている」

望月もそれは感じていた。とにかく普通ではない。

「なんだと思っているんです？」

歴史など、見る者に器量がなければただの雑記ですな、と言いながら岩本は、筋張った手で、顎を撫ぜながら意味あり気な視線を寄越した。

「天皇の委任状などではなく、念頭にあったのは天皇そのものです。天皇を連れて行こうとした」

「えっ」

「そう、正気の沙汰じゃない」

「理由は？」

岩本が、悠然と見返すようにしゃべった。

「二つある。天皇を日本に残して、留守組に取り込まれる不安が生じたのが一つ。そしてもう一つは天皇ごとフリーメーソンに近づけようとした」

急に声を落とした。

「だが目算（もくさん）が外れた。委任状ならともかく、天皇の外遊となると、いくらなんでも訳が違う。公家集団、寺社集団が警戒し、黙っているわけはない。海外組が見た夢は、あまりにも異なっていたんですな」

「突飛過ぎます。常識では考えられない……」

「意外に、目が利かないお人ですな」

軽蔑の眼差しで、ふいに身体を背もたれに戻した。

「連中はみな夢想家です。山っ気があり、脂（あぶら）ぎっている。だからこそ倒幕などという、大それた武力革命を選択したんです。先生の言うように、頭がよくても、悟（さと）りすました常人だったら、維新革命などできない話です」

「それにしても……」

「写真の謎を解けば、おいおい分かってくる」

切り口上で言った。岩本はこの議論にばかりかまけていられないといったふうに、表情を変えた。

「私は十年間というもの、ずっとこのフルベッキ写真を追いかけてきたんです。とことん突き詰め、そろそろ終点です」

弱々しく咳き込んだ。

「ずっと引っかかっていたのは、群像写真にはオリジナルが現存しないということです」

「オリジナルがない？」

「そうです。しかも現在、一般に知られている写真は、外国にあったものでしてね。フランスでのオークションで競り落とした写真です。それを十数年前に上野彦馬の子孫が入手したものですが、それすら複写だった。写真をよく見てください」

望月が釣られて写真を手にした。

「右下の角です」

凝視した。すぐに分かった。

捲れているのである。種写真が捲れたままコピーしたから、その捲れが、そのまま写っているのだ。複写だった。

「なるほど……」

「正確に言えばもう一人、別ルートで写真を保有している人物がいる。写真に写っている

江副廉蔵（えぞえれんぞう）の子孫」【比較写真3】

「では、写真の江副廉蔵というのは本物なんですね」

「一〇〇パーセント本人に間違いありません。前列左から三人目。そして江副の子孫が持っている写真は、あきらかにフランス経由のものとは違っている」

「……」

「サイズはA4判ですが、その雰囲気から元の写真は、名刺大の小さいものだったと推測されます」

「名刺大の写真、それを拡大複写したということですか」

「はい。では、なぜ複写だと断言できるか、ですね?」

質問を先取りされ、望月は苦笑した。

「江副廉蔵の子孫が持っている方は、フランス経由にはない、あきらかに違う特徴を持っています。ゴミと傷が写っているんですよ」

そう言って、岩本はファイルを捲った。

違う群像写真が現われた。こちらは江副廉蔵の子孫版というべきもので、意外に鮮明なコピーだった。

「ここと、ここ」

ゴミと傷だ。写真の中に写りこんでいるもので、後に付いたものはない。

比較写真 3

佐賀藩士・江副廉蔵（左）。明治期に入り、タバコの輸入販売などで巨大な富を築いた。フルベッキ写真では前列左から３人目の人物（右）

「実はまったく同じゴミと傷のある写真は、他に二枚見たことがある。その傷み具合からおそらくは明治の半ばから終わり近くになって、数枚複写されたものです」

「すなわち」

望月は考える顔で訊いた。

「世に出回っているフルベッキ写真は、フランス経由と江副経由の二種類。そしてその二つは複写で、オリジナルはどこからも発見されていないということですね」

「おそらく……この世にないはずです」

岩本は深く頷き、みじろぎもせず望月を見た。

「多くの歴史学者どもは、これが記念写真だとほざいておる。公卿である岩倉兄弟をお迎えした記念写真だとか、教師のフルベッキを東京に送るための壮行記念写真だなどと、好き放題の嘘八百だ」

堰を切ったようにぶちまけた。

「いいですか先生。記念写真なら、なぜ生徒たちは写真を持っていないのです？　写っている人物は全部で四十六名。記念写真なら一人一人に配られてなければおかしいじゃないですか」

「紛失、ということは考えられませんか？」

常識的に言った。

「そろいもそろって、全員が失くしたとでも？　本気じゃないでしょうな。並の人間なら、後生大事に保存するはずです。当時の写真は、想像できないくらい貴重品であるばかりでなく、ここに明治の最高権力者の一人、岩倉具視の二人の息子が一緒に写っているのです。さらに雲上人のフルベッキだ。政府のよいポジションに就きたいがために、こぞってフルベッキ詣でをしたと言われているくらいこの男は、明治政府から絶大なる信頼を置かれていた。そんな人物との写真ですよ。それに大隈重信もいる」

「大隈も実物だと？」【比較写真4】

「保証します。ならば彼もまた、維新早々に大人物になっている。そうなればもはや、これは究極のお宝写真、神棚にでも飾っておくべき家宝です。にもかかわらず生徒たちは持っておらず、オリジナルはどこにもない。異常だと思いませんか？」

比較写真 4

若き日の大隈重信（左）。フルベッキ写真で大隈とされる人物（右）は、髷を結ってはいるものの、ほとんど同一人物であると言っていい

そういわれ、言葉を挟めなかった。反論できなかったのだ。

「もう一枚の『済美館生徒とフルベッキ』の写真の方は、生徒の名前がほぼ判明しているんです」

「……」

「このとおりです」

と言って、ノートを開いて見せた。四、五人を除いて生徒の名前がすべて書き込まれていた。

「一方が全部分かっていて、こっちが不明だ、ということがありますかね」

視線

膨大な資料を博捜（はくそう）したのだろう、隠居の長談議の域ははるかに超えていた。

岩本は、やつれた顔を起こし、疲れたのか一度大きく息を吐いた。

「これは陰謀です」

弱く言った。

「陰謀？」

言葉が心に突き刺さった。

「フルベッキ写真は世に出てはならなかった。あってはならない写真だった。完璧に処分されたからオリジナルは消滅したのです」

「………」

「抹殺です。ところが、ひょんなことで侵すべからざる聖域のコピーが出現し、それが世に出回った。それに私が食らい付いたというわけです」

岩本は、ぐったりと背もたれに身をあずけた。

「お願いします。真実を知らせることが、作家の役割とは言いません。でも、先生にしかできない……」

「ちょっと待ってください。私は娯楽小説家であって、そんな大それたこと」

「いえ」

食い下がった

「あなたの好意にすがりたいというのではない。ただ、なにゆえこの志士たちは集まったのか？　そして、なにゆえこの写真のオリジナルが封印されたか？　日本の夜明けにかかわる大切なことです。そのことを世に知らしめて欲しいのです。ここに、そのための資料があります」

「でも、それは歴史家の方が」

「彼らの物差しでは無理です」

疲れたようにしゃべった。

「役人と同じで、傍観者的に資料を切り貼りするだけで、本質を見破る力はない。そんなことができるなら、とっくの昔にやっているでしょう。英国や米国の公文書の調査だって、手がけてないのですよ、連中は。写真の解明など、想像力がなけりゃ絶対できっこない。真実と真実をつなげる力技（ちからわざ）が必要なのです。それには自由な発想と、なにより勇気が……」

突然、言葉を止めた。大きく目を見開いている。その視線は望月を通り越して、背後のなにかに奪われている、と思った一瞬、岩本の表情が歪（ゆが）み、そして凍った。

「どうしました？」

「まずい……」

岩本の顔から血の気が引いた。その顔から状況を読みとろうとしたが、意味が不明だった。不審に思った望月が、振り返ろうとした。

「動かないでください」

岩本は、聞こえないくらいの小声で言った。

「そのままじっとして。いいですね」

望月はそれに従った。従わざるをえなかった。感じたのである。

それは、斜め後方からじりじりと射し込んでくる気に入らない視線だった。

「先ほどは探しものに手間どったと言いましたが、実は充分に注意して、迂回してここに来たので約束の時間に遅れたのです。しかし、どうやら失敗した」

「だれに、追けられているんです？」

なにか言ったが、残念ながら早口の囁き声は、聞き取れなかった。

「えっ、なんです？」

「もう行った方がいい。顔を見られてはいけません」

「だれなんです？」

もう一度訊いた。

「こっちに来る……」

「えっ」

「早く行って！　また手紙を出します。今日お持ちした資料も、ここで渡さない方がいい。顔を隠して……」

本能は、忠告に従うべきだと言っていた。

隣の椅子から白いストローハットを素早くつかんだ。家からかぶってきたやつだ。目深に沈め、視線を感じる方向に首を傾げ顔を隠しながら駆け足で出口に向かった。

外へ出た。追ってくる気配はなかった。

背筋がぞくっとし、二、三度身震いがせり上がった。雨は上がっていたが、すでにとっぷりと暮れていた。

——いったい、どういうことなんだ——

背後に受けた危険な視線の余韻は残っている。

望月を乗せたタクシーは、黄色いテールランプの残像を置き去りにして、漆黒の夜に滑り出した。

寂とした異界へ通じてしまったようだった。

3―諜報部員

メディアへの反響

望月は馴染みの週刊誌記者、新庄篤にフルベッキ写真を披露した。

食いつきはよく、次の週に、堂々の見開きのグラビアページを飾った。


〈謎の古写真、真贋論争〉


全国に大きく投げられた週刊誌という網、手ごたえは各地からあった。

読者からの手紙は編集部に届き、電話はすべて新庄が直接受けることになっている。

その様子を電話で望月に語った。

「写真が、こんなにポピュラーだとは知りませんでした。正直、ホラ話かなと思っていたもんで」

少し驚いたようだった。

「二、三度、新聞が取り扱ったことがあります」

「へー、新聞ですかあ」

「中でも目立ったのは、大物代議士の記事でしょうね」

「えっ、代議士がなんで絡んでいるんです？」

「自民党の二階堂進が、フルベッキ写真をどこかで手に入れ、ひょっとしたらこれは幕末の英傑集合写真ではないかと思って、歴史好きな中曾根総理に見てもらった、という記事内容です。写真を覗き込む二階堂、中曾根のツーショットが新聞にでかでかと載っています」

「総理までが……で、どうなったんです？」

「それっきりです、不自然にぱったりとね」

「ふーん、なにか怪しいですね」

新庄は電話のむこうで、写真は分別ある政治家二人を動かしたのか、とつぶやく。

「人の心を狂わす魔性が澱んでいるかもしれませんね。だから、これだけの反響が寄せられた。受取った電話のほとんどは、是非解明して欲しいという先生への激励でしたよ」

「ほ、ほとんどというと、激励以外にもあるということですか」

「ええ、まあ」

新庄は言葉を濁した。

「どんなものが？」

「くだらないものです」

「たとえば？」

「デタラメな写真を載せるなっていうのが……でも、この手の人間は必ずいますから」

後日、手紙が回送されてきた。

とりたてて目を引くものはなく、内容は本物説、贋物説の両方が八・二の割合であり、インターネットの掲示板と似たり寄ったりのものだった。

一つだけ気になる手紙があった。

汚い文字だった。

写真に触らないほうが身のためだ、というのだが、脅迫文ではない。

差出人本人も、かつては写真に熱くなって精力的に動いたことがあった。しかし、次々と恐ろしいことが起こって、それ以来すっぱりと忘れることにしたのだ、という短い内容である。

善意の忠告と見るべきだろう。

だが〈写真は呪われている〉という最後の文言は嫌な感じで、洗い流せぬなにかを望月の胸に残した。

望月は居間のカウチに座りながら、その短い手紙をサイドテーブルに置いた。

視線を上げ、ベランダからいつもの風景を楽しもうとした。

庭の向こう、見上げるばかりの台地からは、緑色の蔦が垂直に落下している。春夏秋冬、いつ見ても青々と生い茂り、まるで轟音とともに迫り来るナイアガラの滝のような蔦である。

しみじみと眺める。

ボリュームを絞った音楽、哀愁を帯びたパバロッティの高音が、部屋の隅々に染み渡り、ゆったりとした時が流れてゆく。

あまりにも心地よく、あまりにも平穏。中立で無重力。しかし、正しい場所にいるのだという実感はない。

いつもなら、こういう時には分厚い平安への扉が開き、そこに自分が招かれているような気にさえなってくるのだが、しかし、安らぎを提供してくれるはずの風景ほど、今の自分に似つかわしくないものはない。

〈写真は呪われている〉という手紙もさることながら、岩本が口にした言葉の数々だった。

――狙われている！　早く立ち去れ！　顔を見せるな！――

あれから半月以上になる。しかし岩本からの電話はなく、こちらからのコールにも応答はない。

連絡がつかない以上、確認するすべはない。

——なにか、あったのだろうか？——

岩本を憂慮する反面、すべては彼の妄想ではなかったのかという雰囲気もあり、時間がたつにつれて、しだいにその思いの方が増してゆく。

数日前のことだ。岩本から届いた一通の妙な手紙が、望月の胸に新たな影を落としていた。

ただかりそめの

宿と思うに

便箋が一枚。書いてある文字は、ただそれだけだった。そして記号らしきものが一つ。

思わせぶりである。皆目、見当がつかなかった。

――それにしても、なんのための思わせぶりだろう？　岩本は壊れているのか？――昆虫だらけの身体。絶え間なく、周囲にそそぐ落ち着きのない視線。

フルベッキ写真には、陰謀が隠されていると決め付ける強引な思い込み。時折見せる不安定な感情。

奇怪な見世物にでも出会ったような、始終正常ではない雰囲気に包まれていたのは確かだった。

なにもかにもが、まだ緒についたばかりだ。

望月はぼんやりと庭の緑を眺めながら、かと言って、すぱっと斬り捨てることもかなわない自分をもてあました。

ホテル・ニューグランドで受けた、あの視線も深刻だった。

他人は、大袈裟だと思うだろう。しかし危険極まりない感触はまだ、望月の首筋に鋭く突き刺さり、生々しいばかりの警告の臨場感といったらただごとではない。

額の裏に、フルベッキ写真が映し出される。

古色蒼然たるあの写真には、そこはかとないパワーが秘められているようだった。人の心を鷲掴みにし、災いを引き寄せる魔力。

ふと心が飛躍し、この写真はいったい何人の命を奪い取ってきたのだろうかと思った。

そう思った瞬間、机の片隅の写真が急に跳ね上がったような錯覚にとらわれた。

ぞくっと鳥肌が立った。

写真は生きている。

目に見えないところで、ただならぬ事態が進行しているようにも思えるが、立ち向かうにも気持ちも萎えている。心が整わない。

それで朝から、ぼうっと庭を眺めては、音楽に浸っていたのだ。

――二、三日たっても岩本と連絡が取れなければ、あとは行動あるのみ――

なんとなく、そう自分と折り合いをつけ、カウチの背もたれに頭をあずける。

読むでもなく、見るでもなく雑誌のページを捲っていた。

カウチに放り出している携帯電話が、勢いよく鳴った。

「もしもし……」

出版社からだった。

「『龍馬の黒幕』を読んだ方が」

ゆっくりと身を起こした。

「お会いしたいというのですが、どうしましょうか？　早稲田大学の菊池という教授です」

「菊池？」

どこかで聞き覚えがあった。

「歴史の教授だそうです」

「うん？」

疑問符は、頭の中の記憶にヒットした。たしかインターネット上で、フルベッキ写真の明治説、すなわち贋作(がんさく)説を熱っぽく展開していた人物ではなかったか。

関心が起きた。携帯電話を持ち替えた望月は、さっそく会う手筈(てはず)を頼んだ。

学界からの使者

桜はもう終わりかけていた。

帽子を被り、橋を渡りながら川縁(かわべり)に連なる桜の木を眺める。

目指したのは、いつもの散歩コースにある公園。

そう遠くはない。近づくと望月を認めて、陽だまりのベンチから、のっそりと立ち上がった男がいた。

菊池である。年の頃は、望月と似たり寄ったりだが、がっちりとした体形で、頭部は潔いほどにさっぱりと剃り上げられ、境目のない頭と顔は小麦色に光っている。

「公園はいいですな。なにせ煙草の煙がない」

挨拶を終え、ベンチに腰を下ろしたとたんに菊池がしゃべった。がらがら声だった。

「あたしは気管が弱くってね……世の中狂っとるんでしょうな。煙草は毒ですよ。そんなことは、とうの昔に立証されている。にもかかわらず、政府は毒の販売を認めているんだからあきれたもんです。麻薬の売人を公認しているのと、どこがどう違うんですかね」

公園がいいと言い出したのは、菊池だった。男の待ち合わせ場所にしては、少し変わっていると思ったが、どうやら理由は煙草らしかった。

「おっと、先生はお吸いになりませんよね」

「ええ、僕も苦手でしてね」

「帽子好きの人は、パイプ好きだと……」

望月のパナマ帽を見ながら言った。

ならんでベンチに座った。旅の帰りなのだろうか、菊池の傍らには黒い大きな鞄があった。望月の視線に気がつき、いつでも取材に出かけられるように、中には着替えなど宿泊セットが入っているのだと弁解した。

「『龍馬の黒幕』は、面白く拝読させていただきました。ただはっきり言って」

あらぬ方を見ながら続けた。

「劇画ですな」

いきなりの露骨な言葉に戸惑い、まだ未熟なものですから、とことさら静かに答えた。

「フリーメーソンというのは、そんなにすごいもんなんですかね？　そりゃフランス革命、アメリカ独立戦争と、多くのフリーメーソンが立ち上がったのはたしかでしょう。フランスには当時十万人以上のメンバーがいて、ラファイエット、ミラボー、オルレアン公、ロベスピエールという名だたる英雄もメンバーだったし、かの有名な詩人のゲーテでさえ、革命直前の一七八〇年にアマリーア・ロッジに入会している。そのくらいだから、侮り（あなど）がたいほど盛り上がっていたのは事実です」

深く調べているようだった。

「なにせ『自由』『平等』『博愛』がメーソンの主柱で、どれをとっても革命のスローガンとしては役に立つ。私も歴史家ですから、そのくらいは知っていますし、全面的に否定はしません。しかしですな」

淀（よど）みなくしゃべる男である。

「ご指摘のように、アメリカの独立、フランス革命と貫（つらぬ）く歴史軸が、やがてわが国まで到達し、それが明治の維新革命になったなどということはまったく漫画の世界。感心しませんな」

と断定的に言う。

「だいいち、武士に『自由』だとか『平等』だとかという概念はない」

「………」

「だってそうでしょう。単語すら存在しなかったんだから。『自由』と『平等』は明治になってからの造語です。先生お得意の西周あたりのね」

西周がフリーメーソン・メンバーである事実を、世に広く知らしめたのは望月だ。小説『龍馬の黒幕』で発表したのだが、それを皮肉ったのである。

「『自由』『平等』も分からん武士たちにメーソン思想などちんぷんかんぷんで、感染するはずもない。頭にあったのは、単純明快。腹いっぱい御飯が食いたい、というその一念ですな。そのためには、どうしたらいいのか？」

坊主頭をよじって、望月と視線を合わせた。目は赤く充血している。

「御飯を食えなくした幕府をぶっ壊すこと。分かりやすい行動だ。しかし、世は幕藩体制だ。幕府だけを倒すと、藩が残る。そうなれば、藩は全国にいくらでもあって、どんぐりの背比べで、まとまらない。なんらかの権威が必要だ。だから、それまで眠っていた朝廷を揺り動かす。いわば幕藩体制から朝藩体制への移行、実にシンプルな動きです」

望月がかろうじて頷けたのは、ここまでだった。

「結局天皇です。日本は天皇でぴたりと一つにまとまる。それが日本人であって、フリーメーソンの影響など、さらさらない」

菊池の語り口は品がなかった。

どうやら、自分は他人よりものごとを知っていると思い込むタイプのようである。この手のやからはどこにでもいる。あわせて、自分の見方が絶対正しいと主張しなければ気がすまない屈強な性格だ。

黙らせるには、具体的な事項をつらねて一つ一つ潰してゆくのが有効なのだが、その気は起きなかった。

それよりまずは、お手並み拝見という気持ちだった。

望月は曖昧な表情で相槌を打ち、拝聴の姿勢を崩さなかった。

「取るに足らないものをことさら取り上げ、世間を惑わすのはどうかと思いますがね」

「僕ごときの小説で、世間は惑わないと思いますよ」

「いやいや、ご謙遜を。フリーメーソン陰謀史観に侵されている連中は、意外にいますから」

「陰謀史観？　ちょっと待ってください。僕の本には、フリーメーソン陰謀説など一ミリもありません」

「そう来ると思いました。鼻持ちなりませんな」

挑戦的だった。菊池の視線は、正面に向けられている。その先には、かすかに揺れるだれもいないブランコがある。

「直接狙わなくとも、遠くに石を投げて、その波紋から陰謀説を強く匂わせるなど朝飯前でしょう、プロの作家さんは」

腹は立たなかった。

物書きもそうだが、教授という職業にも変わった人間は少なくない。

「具体的に言っていただけると、助かるのですがね……」

菊池は、ほうと言うように望月をじろりと眺めた。赤い油断のならない目の下には、黒ずんだ隈ができている。

「ではいいですか？　坂本龍馬、勝海舟、大久保利通、西郷隆盛、岩倉具視、グラバー、アーネスト・サトウ。このうちのだれでもいい、フリーメーソンだったという証拠でもあるのですか？」

「いえ」

首を振った。

「しかし僕は、彼らがメンバーだとは一行たりとも書いてません」

「嘘でしょう、本のあちこちで語っているじゃないですか」

「いいえ、よく読んでみてください。彼らの周辺に存在するフリーメーソンたちと、その痕跡を数多く示しているだけです」

「なるほど、だから小説家というのは巧みなんです」

薄笑いの眼差しがこっちを向いた。

「この私でさえ、ころっとこうして騙されるのだから。フリーメーソンは派手な道具ですからな。まして一般の読者なら……」

「すみませんが」

ここはひとつ、釘を刺しておかなければならない場面だ。

「言いがかりなら、やめていただきたい。それに僕は歴史学者じゃない。小説家です。あくまでも面白く読ませることが主眼です」

「小説に逃げますか。うまい逃げ場だ。癪ですが、世間に対する影響力は学術本より小説の方がはるかにでかい。その分、責任重大でしょうが」

「読者だって馬鹿じゃありません。もし書いたものが嘘なら、すぐに見破ります。その時点で読者の心はさっと離れ、作家はすべてを失うことになります」

突然菊池は、喉を反らして笑った。大袈裟すぎる笑いには、たっぷりと嘲りが含まれている。

「大衆が利口ですと？」

望月を睨みつけた。

「狂人ヒットラーに騙されたのも大衆。これだけ情報が発達している現代においてさえ、振込み詐欺にひっかかり、カルトにのめり込む人間は跡を絶たない。騙される連中は、永遠に不滅です。大衆が利口なら、なぜこうもアホらしいことが起こるんですかね？　ようは馬鹿なんですよ。その辺は先生だって、充分に分かっていることじゃないですか」

「いや――」

「フリーメーソンが」

菊池が、言葉を強くかぶせてきた。

「世界制覇をたくらむ陰謀団体だと信じている低脳どもが、この世には何千万、何億人といる。だから、書店からその手のトンデモ本がなくならない」

「確かに信じやすい人と、そうでない人がいるでしょう。しかし、僕の本とはなんの関係もないことです。歴史の痕跡を丹念に拾い集め、分析し、自分なりの推考を重ねる。そうやって書き上げるのが歴史小説だと思っています」

「じゃお尋ねしますがね、松本清張の短編『陸行水行』はどう思います？」

意味を測りかね、右の眉を上げた。

「清張はその中で、邪馬台国の北九州説をとっている」

「ええ」

「清張の根拠は、なんです？」

つるつるの頭を撫ぜながら訊いた。

「あれはたしか『魏志倭人伝』だったと思います。それに載っていた順路と距離から推し量(はか)って北九州説の可能性を唱えたのでは」

「そう、だから、めちゃくちゃなんです。『魏志倭人伝』に書かれている順路に、正確な方角が書かれていますかな?」

「どうだったか……」

「正確なものは、なにひとつない」

力強く言い切った。

「方角も曖昧(あいまい)でどうやって、地理を追って行くんです? 大作家ともなると、なんでもありだ」

鼻で一つ笑い、付け加えた。

「見事な、デッチアゲですな。こうして噴飯(ふんぱん)ものの作り話は、あっという間に日本中に伝播(でんぱ)して、地元観光業者と結託した邪馬台国九州説をほざく九州の学者どもが、清張という大作家を振りかざして勢力を増したんです」

不満だらけの顔で言った。

「迷惑だとは思いません」

望月は抑揚(よくよう)なく反論した。

「書き手もさまざまなら、読者もさまざまです。清張は話題を広げ、歴史学界、観光業界に大いなる活気を与えたのじゃないですか」

「学問を虚仮にしていると言っているんです」

大声だった。

「我々歴史家が慎重に動き、一歩一歩着実に積み上げてきたものを、ろくな証拠も示さず、有名作家であるというだけの武器で、あっさりとくつがえす。こんなことはあってはならんでしょうが」

語尾には、作家・清張への軽蔑と嫉妬心が含まれている。

大作家と一緒にされて光栄だが、むろん望月も一括りにされている。

それは菊池がまったく無名だという劣等感と、学者であるという知的優越感が混在した歪な感情のようだった。

これ以上の話は不毛だった。望月は帽子に手をやり、冷静に話題を切り替えた。

「菊池先生は、フルベッキ写真が明治に撮られたものだと断定していますね」

「とうぜんです」

分厚い胸を張った。

「どうしてでしょう?」

「写っているフルベッキの子供ですよ。あの子供が証拠ですな。何歳に見えます?」

望月は混乱した。

岩本からも以前、同じ質問を受けている。そして、まさに子供の年齢から、岩本は慶応元年という説を割り出し、望月自身も無理のない推論だと認めているのだ。

——共通の素材で、二つに割れる意見……——

望月は続きをうながした。ぎょろりと睨んでからしゃべった。

「写真というのは、『真』を『写』すから写真なんですな。曇りのない眼で見れば、おのずと分かる。子供は幾つだと思います?」

もう一度繰り返した。

「せいぜい四、五歳といったところですかね」

岩本へ答えたのと、まったく同じ歳を答えた。

「でしょう、ならば明治だ」

「えっ」

望月は、驚いてすっとんきょうな声を上げた。

「子供は一八六一年の一月生まれですよ。明治なら七歳くらいにはなるのではないですか?」

菊池が勝ちほこったような表情を突き出した。

「なにをトンチンカンなことを言っているんです? この子は、正真正銘一八六三年二月四日生まれです。ははあ、さては先生」

口の端を曲げて笑った。

フルベッキの隣にいる子供は「長男」なのか「二女」なのか。髪型や服装から判別できることは……

「この子供は、フルベッキの長男のウイリアムだと思っていたんじゃないでしょうな」

「違うとか？」

思いも寄らぬ台詞だった。

菊池は望月の驚きを喜んでいるような顔つきで、わざとらしく溜息をつき、黒い鞄を開けた。

まるで温存していた隠し玉でも取り出すような余裕ある態度だった。見守っていると、つまみ出したのは、折れないように透明なアクリル板の間に挟まれたフルベッキ写真である。

「よく御覧なさい。二女のエマです」

「エマ……」

鼻先に突きつけた。

「この子ですよ、この子。どう逆立ちしても女の子だ」

「女の子って、それは見た目ですか？」

「それで充分です」

「見た目なら、男だと思います」

「あなたも強情ですな。その根拠は？」

一瞬、自信が揺らいだ。頭から男の子だと信じていたので、根拠など思いもよらぬことだった。

外国人の子供に馴染みがなく、確信などない。曖昧に見えてきた。それでも望月は眼を忙しく動かし、男だという証拠をなんとか二つだけ探し出した。

「髪です。この時代、女の子は女らしくロングなはず。しかしこの子は短い。それに子供の首です。蝶ネクタイですよ、これは。お父さんも蝶ネクタイ。男の子は、父親とおそろいを欲しがるものです」

ふんと鼻を鳴らした。

「なら言うが、この子のウエストが見えますか？　ヒモというか、リボンというか、そんなたぐいのものをベルト代わりに回しているでしょう。となると服はワンピースだ」

たしかにそんなふうにも見える。しかし意地になって、望月はこじつけを口にした。

「そうだとしたら侍ゴッコですよ。侍の真似ごとで帯をつけ、その帯にオモチャの刀を差して、ちょっと前までチャンバラ遊びをしていたんじゃないですか、男の子ですから」

「よくもとっさに、絵空事を考えられるもんですな。まあいいでしょう。百歩譲って男子に見えたとしても不思議はない」

「見える？」

「そうです」

「………」

「カムフラージュですよ」

「カムフラージュ？」

「そう。物騒な世間の目から、女の子を隠すために外観を男の子に仕立てた」

「それも想像ですか？」

「『攘夷斬り』という外人テロが吹き荒れている幕末ですよ。おたくだって、女の子がいたら守るために変装させると思いますが、違いますか？　あんたのチャンバラゴッコより、まともな推測ですな」

菊池は、目を細めて、軽蔑の色を浮かべた。

父親にしっかりと寄り添う子供。五歳に見える子供が二女、エマだとしたら、たしかに一八六八年は五歳となって、癪だがたちまち明治説は輝きを増す。

ウイリアムであるのか、はたまたエマなのか？

こいつは重要なポイントなのだが、しかし、いくら凝視しようと、これ以上どうなるものでもなかった。

もどかしく心が疼きはじめた。

その刹那、むこうの風景が騒いだ。

望月は視界の端で人影を捕らえていたのだ。左手、公園脇にある葉をたたえた木の陰である。

速い動作に、どきりとした。素早さは不自然で、また止まり方も不自然に急だった。おそらく見たのは、なにかを完了した瞬間の残像だったに違いなかった。

胸が高鳴ったのは、横浜のホテルニューグランドでの視線と同質なものを感じたからだ。

いたのは男だ。ただそれだけである。顔はよく見えない。なにか手に持っているようでもあった。

——カメラか——

次の瞬間、岩本の台詞を思い出していた。

——顔を覚えられるな——

あわてて俯き、帽子の鍔で顔を隠した。そして、カメラだとしたらもう遅いのだと感じ、ゆっくり姿勢を戻し、さりげなく目で男を追った。

しかしもうその男は、その場に存在せず、煙のように消えていた。

ずしりと気が重くなった。大きく息を吸って苦い気持ちを切り替え、はっとなった。

あの男は、なぜこの場に登場したのか？

隣の男の横顔に視線を這わせた。

――おびき出したのか？――

菊池は無表情で続きをしゃべっている。

「年齢のついでに他の人物、たとえば岩倉具経は何歳に見えますかね？」

群像写真は菊池の膝の上にあり、その真ん中辺をごつい指でなぞっている。

「十一、二歳だと思います」

さっきの男を頭の脇に置き、質問に答えた。

「そうならば、撮られたのは明治よりもかなり前ということになります」

「いやいや、具経は童顔なんだな。これでもざっと十五歳だ」

敵も頑として譲らなかった。絶対の自信を持っているらしい。望月は討論などしたくない顔で明るい公園を見やった。

童顔だ、老け顔だとやられれば収拾がつかなくなる。

すると菊池は違う角度から畳み掛けて来た。

「ひょっとすると先生は、坂本龍馬までも本物だと思っているんじゃないでしょうな」

「どうですか……今の段階では、どちらとも言えません。肯定も否定もできないはずです」

「無茶言っちゃいけませんよ、先生。この男は判明しているんです、折田彦市だとね。折田は京都大学の前身の一つ、第三高等学校の初代校長になった人物です」

そんなことも分からないのか、というようにまた鞄から写真を出した。

大儀そうなしぐさが癪に障ったが、見てみると折田の顔が似ているのも確かだった。

「眼力は、外れましたか？」

望月は口ごもった。

菊池は、勝負あったとばかりに坊主頭を両手でしごいた。菊池は余裕で前方を見る。それからおもむろに座り直し、ゆっくりと望月に広い肩を向けた。

「望月先生」

だみ声が、喉の奥からすべり出た。

「あなたの根本に錯誤がある。にもかかわらず、真実を曲げ、それを押し通そうとしている。変わるはずのない世界を変えて、どうするつもりですかな。もうおやめになったほうがいい。これ以上、首を突っ込むと、ろくでもないことが起きかねない」

「ろくでもないこと？」

「心配しているんです。偽物で世を混乱させれば、必ずしっぺ返しがくる。怨霊ですな」

「………」

「おたくは、安らかに眠っていた御魂を掻き回しているんですよ。そうなったらすべてを失うことになりやしませんか」

「随分と脅迫めいた言葉ですな」

言葉は丁寧だったが望月は菊池を厳しく睨んでいた。

菊池の顔はみるみる赤くなり、赤色は坊主頭にまで広がった。だが眉一つ動かさずに言い返した。

「これまで築き上げてきたものがあるんでしょうがね。もう血気盛んなお歳でもありますまい。物事には、たいがいってもんがある。たいがいを超えると、瓦解は一瞬にしてやってくる」

いよいよ辛抱のない口調で続けた。

「頑張りとおして、晩節をぶざまに汚すことはないと思うがね」

菊池はいったん前を向き、またゆっくりと首をよじって望月の瞳を覗き込んだ。

赤い眼が驕慢な光をたたえている。

思わず身体のどこかが縮み上がった。どう言えばいいのだろう、はったりや虚勢ではない、本物が持つ重々しいエネルギーの放出を感じたのだ。落ち着かなかった。その邪悪な波動が、極端に望月を不安にした。

言いくるめられる歳ではないが、心は弾まず、なにかの淀みにはまったようだった。

公園の男は実在したのだろうか？

もしいたとしたら、男と菊池はつながっている。

しかし大学の教授がなんのために？

魂胆が今ひとつ分からず、もやもやするばかりだが、望月にとって決してプラスにならないことだけははっきりしている。

写真に写っているのは、坂本龍馬ではなく、折田彦市だという。

一刀両断だった。

真実か否かは別として、傲然と言い放つ態度にかちんときた。少々大人げないとは思ったのだが、どうしても折田は違うという確固たるものを探り出さなければ、気がおさまらなかった。

最初に、折田彦市の経歴を調べた。

一八四九年の生まれの薩摩藩士だ。そして菊池のいうとおり、旧制第三高等学校（京都大学の前身）の初代校長になっている。

折田は根っからの学究肌だ。一八七〇年（明治三年）に渡米。その後カレッジ・オブ・

ニュージャージー、現在のプリンストン大学に留学しているのだが、なんと岩倉具視の二男の具定（ともさだ）と、三男具経（ともつね）に付き添う形でアメリカに渡っている。

すなわち折田は具定、具経と密な間柄にあり、そろってこの写真に納まることは自然なのである。

たちまち旗色が悪くなった。

望月は落胆し、半ば投げやりで折田の写真を見る。続いて龍馬の顔。

龍馬はナルシストだったのか、短命な割には多くの肖像写真を残している。

多いといっても四種類くらいのものだが、ほぼ同時期の写真がこれだけあれば、随分と雰囲気が伝わってくる。机に肘をつき、数枚の写真に目を移す。

――うん？――

何かに触れた。

座りなおし、写真に顔を近づける。一枚の写真にこだわった。同時に、目は相違点を確実に捕らえていた。

耳だ。

龍馬の耳と折田の耳。

二つの耳は、まったく異なっている。

龍馬は、いわゆる耳たぶと称される部分が横に大きく広がっているのに対し、折田の場

比較写真 5

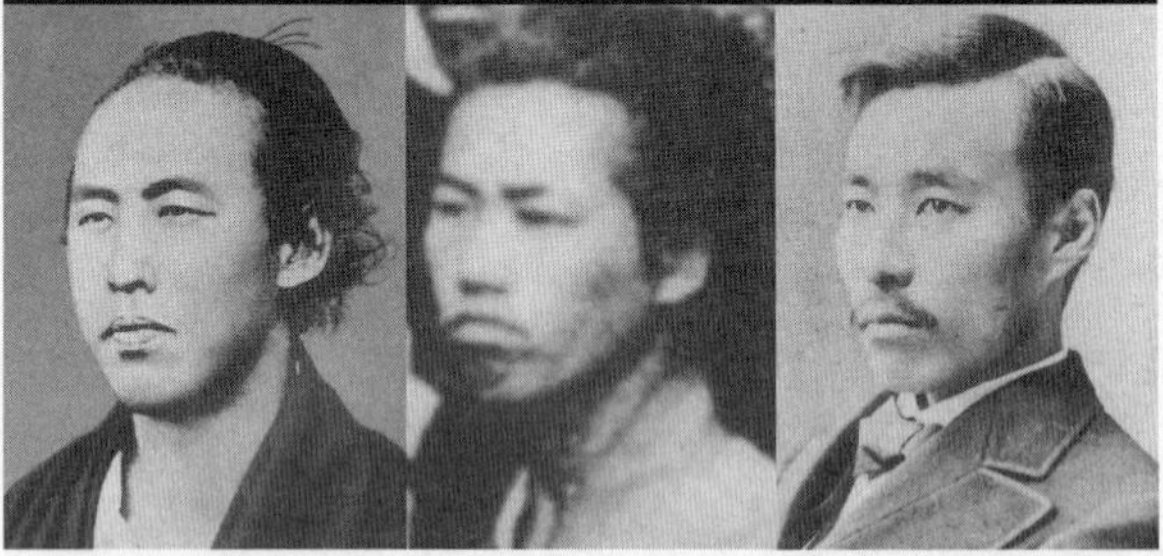

左から坂本龍馬、フルベッキ写真の「龍馬」、折田彦市。折田は旧制第三高等学校の初代校長。フルベッキ写真に写る龍馬を折田だとする説があるが、耳たぶの形に注目すると別人である。それに比べ……

合はその真逆、耳たぶはほとんどなく、すっと斜め上に切れ上がっているのである。【比較写真5】

耳の形は不変だ。

これには医学的根拠があり、耳が加齢や肥満で変化することはない。

――この侍は折田とは別人だ！――

動かしようのない証拠を発見し、内心、小躍りした。

望月は再び、フルベッキ写真の最前列でしゃがんでいる龍馬だとされる男を見る。そして本物の龍馬の耳に目を移す。

似ている。

だが、すっきりしない。そこまでである。

耳はほぼ同一だが、引っかかるのは年齢だった。

一八六五年説なら龍馬は三十歳あたりだ。しかしフルベッキ写真の方はもっと若い印象がある。せいぜい二十二、三歳から二十四、五歳に見える？

それに龍馬が放つ迫力だ。本物の写真はいずれも存在感があり、一筋縄ではいかない男の佇いがある。

しばらく眺めた。

やはり貫禄が違っている。折田説を粉砕して、押し気味の気持ちが、急にへこんだ。

消えた男

妙な胸騒ぎが収まらなかった。

じっとしていられなくなり、午後から外に出かけた。

電車から降り、あたりをつけたのは横浜外人墓地周辺だった。

頼りは封筒の住所である。

ゆるい坂道、日当たりのいい丘、閑静な住宅街。

透明な空気に抱かれた一軒の家、見つけた岩本光弘の住まいは想像より広いものだった。

望月は帽子をずらし家を見上げた。古い伝統的な二階屋である。建物といい、庭といい、一人暮らしの岩本には、さぞ手入れがきつかろうと思うほどのものである。

一目で不在が分かった。新聞やチラシなどが、ゲート脇の郵便受けからあふれているのだ。心なしか庭も荒れている。

念のためにインターカムを鳴らした。

応答はない。たちまち嫌な雰囲気が降りてくる。敷地に足を踏み入れ、ドアを叩き、名前を呼んだ。

静かである。静寂が不気味だった。

視線を左右に這わせてから、まずいのは百も承知で、建物にそって周囲をぐるりと回ってみることにした。どの窓もカーテンが引かれており、中は覗けない。

あっけなく元のゲートに戻った。妙案が浮かばず、しかしざわざわと心は波立っている。袖に付いた蜘蛛の巣を取りながらポケットから手紙を出した。岩本から受取った、例の妙な手紙である。

ただかりそめの
　宿と思うに

意味は「ただ仮の宿だと思っている」というだけでどうということはない。

しかし、だからと言って、わざわざ望月に託したのだ。甘く見てはならないような気がする。

ふと、この家が〈仮の宿〉で、本宅は他にあることを暗示しているのではないかと思った。

——その場所を、教えているのか？——

見当がつかない。あてもなく記号に注目した。

どこかの国旗のようでもある。
なにこだわっているのか、幾度眺めても、途方にくれるほど見当もつかなかった。
手紙をポケットに戻し、それでもヒントはないものかと、しつこく周囲を見渡す。庭に目をやり、家を眺め回す。引っかかるものはなにもなかった。
まずいついでに、郵便受けの裏蓋も開けてみた。落とし込まれている一番新しい新聞を探した。二週間も前のものだった。おそらく不在に気付いた配達人が気を利かせて止めたのだろう、朝夕刊が三日分だけあった。

念のために隣家を訪ねることにした。

出てきたのは眼鏡をかけた中年の婦人である。怪しまれないよう、歴史を研究している岩本の友人だと丁寧に名乗った。

「連絡がとれないもので、心配になりまして」

「はあ……たぶん」

警戒気味に答えた。

「また旅行だと思いますよ。ちょくちょく行っていたみたいですから」

「行き先は、分かりますか？」

「いいえ」

そっけなかった。分かるわけはないでしょうに、と丸顔に書いてある。

「たいてい二、三日で帰ってくるはずですけど……」

「それが、二週間以上連絡が取れてないんです」

「まあ、そんなに」

少し驚き、ふっと和みを見せた。

「そういえば、最近見かけなかったかしら……」

「岩本さん、一人暮らしですか？」

「ええ、でもたしか、どこか地方に息子さんがいらっしゃるようですよ」

間を置いてから、望月は思っていることをさりげなく質問した。

「あのう岩本さん、体中に昆虫付けてますよね、ご存知ですか？」

「ええ知ってますよ」

婦人は、口に手を当てて急に笑い始めた。

「あれは子供向けです」

「はあ？」

「いえボランティアですよ。区の会館で、子供たちを集めて歴史のお話や御伽話を聞かせているとおっしゃっていましたわ。蜘蛛や蝶々をいっぱいつけてゆくと、子供たちが喜ぶんですって」

「僕と待ち合わせた時も、昆虫だらけで、ちょっとびっくりしましてね」

軽い調子で言った。

「外出するときは、いつも付けているようです。いつ子供たちとすれ違ってもいいようにと」

またくすりと笑った。望月も笑顔を返したが、婦人の顔が急に強張った。

「以前、散歩の途中で倒れて、救急車で運ばれたことがあるんです。心臓発作だったかしら……」

「その時の病院は、どちらです？」

「友愛総合病院……」

気が急いた。電話番号を教えてもらい、即座に病院を当たった。

しかし該当者はいなかった。

収穫

夜になって、ひょっこりとユカが顔を出した。お土産は好物の粒餡豆大福だった。

「おや、うれしいなあ。きっと、ユカさんのご両親の躾が良かったんでしょうね」

変な褒め方をした。

お茶を沸かし、さっそく話題に入った。

ユカも少なからず写真にかかわっている。不安がらせたくはなかったが、よからぬ事の成り行きくらいは知らせておくべきだ、と思ったのだ。

出版社経由の手紙を見せた。〈フルベッキ写真は呪われている〉という、例の警告文だ。

「どういうことなんでしょう、差し出した本人が受けた恐ろしいことって」

深刻な顔で訊いた。

「よく分からない。荒れた文字だし、なんだか嘘臭くもあります」

淹れたてのお茶を勧めながら、豆大福をパクついた。

菊池と逢った時のことをかいつまんで話した。作家を極端に嫌っていること、首を突っ込むなという辛辣な脅迫もしゃべった。

「あの男は本当に大学教授でしょうかね。頭はスキンヘッドだし、フルベッキ写真から手を引け、目立ったことはするな、さもなくば僕の生活が攻撃の的になるとか、怨霊が甦るとか教養人にあるまじき言動でした。仮虚威しだとは思うのですがね」

「なんだか怖いです」

「……たしかに侮ってはいけないかもしれない。この間話した岩本氏の件もあることですし……」

「岩本さん？　どうしたんですか？」

「行方が知れません」

「えっ、失踪っていうことですか？」

家まで行った事を伝えると、急に黙りこくった。それを見ていると様子は一段と悪くし、もはや諸々が取り返しのつかない所まできているような気になってきた。ユカは無言でお茶を呑みながら、石のように考え込んでしまっている。

それでもえもいわれぬ気品をもって一口大福を食べ、またお茶を呑んだ。

「先生」

唇から呑みかけの茶碗を外した。

「出版社へ届いた警告の手紙は、岩本さん本人が出先から投函したという可能性はないんですか?」

「いや、違います。筆跡は別人ですよ」

「警告文が別人ということは……岩本さん以外にも、フルベッキ写真で怖い目にあった人がもう一人いることになりますよね」

望月が頷く。ホテルニューグランドでの危険な視線。公園での怪しげな男の影。

しかし、どうも解せなかった。たった一枚の写真である。なぜこれほど騒がなければならないのか、その意味がつかめないのだ。

それほどのものが蹲っているとは思えない。いったいなにがあるというのだろうか?

雰囲気が暗くなったので、望月はもう一つ別の豆大福を思い切り頬張り、吹っ切るようにしゃべった。

「そっちの収穫は?」

「はい」

ユカも持ってきた黄色いバックパックをかき混ぜ、中から分厚い一冊のアルバムを取り出した。

比較写真 6

佐賀藩士で、明治政府では司法制度の改革に功績を残した江藤新平(左)。右がフルベッキ写真から

アルバムからは、たくさんのポスト・イット(付箋)が、はみ出している。それは一枚ごとに、丁寧な字で志士の名前を書き入れたインデックスになっていた。

およそ世間に出回っている志士の写真を、かたっぱしからコピーに取り、それぞれ所定の場所に貼り付けて作った、ユカ・オリジナルの幕末写真集だった。

ためしに高杉晋作のページを開いた。

異なる三人の高杉の写真が並んでいた。これならより本物に近づける。

「随分、気が利いてます」

しみじみ言った。

「やり始めたら、病み付きになってしまって……それで、江藤新平に注目してみたんです」

「……………」

「写真を見てください。江藤新平は有力ですよ

ね。反論は、インターネット上でもほとんど見当たりませんし」【比較写真6】

眼、眉、鼻筋、口元、そして全体から醸し出す雰囲気。寸分たがわずとまではいかないものの、以前からほぼ間違いないと望月も踏んでいた侍である。

「両者から立ち昇る意志の強さ、ユカさんの目は、信用できます」

「では」

ユカが明るく言った。

「我々『フルベッキ写真鑑定団』としては、江藤本人だと認めたいと思います」

「異議ありません」

二人で笑った。

「これまで本人だと断定したのは」

ユカがしゃべった。

「フルベッキ、岩倉具定、岩倉具経、大隈重信、江副廉蔵、そして今回、あらたに加わった江藤新平ですよね」

「一〇〇パーセント間違いありません。我々の説に、いちゃもんをつける江藤新平別人説の根拠を、一応聞いておきたいと思います」

「アリバイです。江藤は脱藩のかどで一八六二年に小城郡金福寺に蟄居を命ぜられ、禁をとかれたのは五年後の一八六七年の暮れ。だから、一八六五年に長崎での群像写真は不可能だというものです。でも」

　ユカが続ける。

「江藤の場合、蟄居といっても随分ユルユルです。書物によれば〈江藤は朝に出て夕に帰り、あるいは数日帰らないこともあった……〉ということですから、蟄居というのは名ばかりで、軟禁よりもっとゆるいものです」

「岩倉同様、本物の蟄居などどれほどあったでしょう」

「どうして本気じゃないんですか？　そこが今ひとつ、ぴんとこないんですけど……」

「江藤は、藩の隠密です」

「またですか」

　ユカがあきれ顔で語尾を上げた。

「おや、我が弟子にしては意外な反応ですね」

「だって先生ったら、だれでもかれでもスパイにしてしまうんですもの」

　望月は涼しい顔で肯定した。

「想像して欲しいと言ってもなかなか難しいかもしれませんが、もっと想像を働かせることです、弟子なのですから」

「はーい」

「幕末は今とはまったく異なる世界です。そこのところをしっかり頭に叩き込んではじめて、真の歴史が浮かび上がる」

望月は、遠い過去を透かすように目を細めた。

「新聞もなければ、ラジオもテレビもない時代。たとえば仮に今ユカさんが、北海道の山奥に一人でテントを張り、そこに一週間でも寝泊まりしたとします。で、東京あたりに中国からミサイルが飛んできたって、分からないでしょう？」

たんたんと話した。

「それと同じです。天下がどうなっているのかさっぱり分からない。だれもが目隠し状態です。昔は住む所の移動が禁止されていたから、学説によると村人の移動範囲は、せいぜい三キロ以内。生まれて死ぬまでの間に、三十キロ先を見たなんて人はごく稀で、したがって村人にとっての、山のむこうは暗黒の世界です」

「分かります。だから鬼がいる、なんて信じちゃう」

「それは武士も変わりません。しかし戦には情報が欠かせない。正確な情報をつかんだ方が勝利します。明治維新を見てごらんよ」

望月はお茶をすすった。

「実際そうなっている。薩摩、長州、土佐、佐賀はアーネスト・サトウ、クラバー、フルベッキとさかんに交わり、太いパイプを築いて西欧のあらゆる知識を得、かつ天下に情報網を張り巡らせました」

ユカが頷くのを見て、少し長くしゃべった。目にすることのできる書に記されたことなど、ねじ曲げられた表の都合である。

輝ける明治維新は、情報戦の勝利だ。資料は存在しない。

隠密、忍者、諜報組織は闇の中だ。資料は存在しない。

痕跡を消すことが諜報部員の重要な任務で、三千、四千と膨れ上がっていただろう幕末期の秘密結社は、今なお、すっぽりと濃霧に覆われているのである。

ところが歴史家や学者は資料だけを頼っている。目に留まることはない。

かくして歴史に寄り添う巨大な影は、一切無視ということになる。

「それだけならまだしも」

望月は腕を組んで続けた。

「学者の間には、隠密や忍者ごときは誇張された漫画の世界であり、歴史的にはなんの力も持ちえなかったと切り捨てるのが、アカデミズムであるという風潮が蔓延(まんえん)しています。資料がなければ、すべては存在しないと判断する彼らにとっては当然です。わずかな逡(しゅん)巡(じゅん)すら芽ばえません。ユカさんは、情報の重要性が想像できますかな?」

「ええ、なんとなく」

「よし、では次に進みます」

望月は、お茶で喉を湿(しめ)らせた。

蠢くスパイ

「情報は表だけとは限りません。裏の情報もあります。いや、むしろ裏筋の方が重要でしょう。しかし、簡単にはいかない。裏情報の収集は熟練を要します。そこで専門職が登場する。プロのスパイ。彼らがいなければ、大名は目隠し状態で、駒一つ動かせません」

ようやく実感がつかめて来たのか、ユカは身を乗り出すようにテーブルに華奢な肘を置いた。

「情報の収集は、広範囲だったんでしょうね」

「我々、現代人の物差しでは測りきれないくらいです。収集先は朝廷、幕府、他藩、支配下の支藩、いや、内輪の藩まで探っている。自藩といえども公武合体派、尊王攘夷派、そして外国と手を結ぼうという開明派、組んず解れつの三つ巴の戦いを繰り広げています」

「気が遠くなりそう」

「幕末時のスパイ数は、異常です」

「そんなにいたんですか？」

「全国の藩の数はおよそ三百です。一つの藩に、平均百人の隠密がいたとしても、それだけで三万人」

「すごい数。武士の十人に一人はスパイという勘定になりますね」

「それでも少なめな見積もりですよ。僕は五人に一人と見立てています。余談ですが、今現在アメリカにはCIA、NSA（国家安全保障局）など十六の情報機関があって、そこで働く人数は十万人を超えています」

「うわー」

ユカが裏話は面白すぎますなどと言いながら話を引き戻した。

「幕末の情報機関って、実際はどんなふうだったのかしら」

「とうぜん資料はありません。したがって憶測になります」

と前置きして、望月は現代のCIAやモサドの例を話した。

「基本的に、部門は二つに分かれています」

「二つですか」

「そう、インテリジェンスとオペレーション。日本語では、それぞれ情報部と工作部（操作部）と訳しています」

「情報部」は、文字通り情報を集め、分析し、報告書をまとめあげる部署である。

アナリスト、精神科医、社会学者、地域の専門家などで構成されており、デスクワークが中心になる。

それに引き換え「工作部」は外に出る。

オフィスを離れての任務だ。

手段は選ばない。

潜入、買収、脅迫、盗み、騙し、強奪、そして時には殺人。

手荒い仕事には危険が伴う。末端になればなるほど危険度は増してくる。

ターゲットと接触する最末端は、通常同じ国の人間であり、地元の人間であり、すなわちターゲットにより近いポジションにいる人間をリクルートして仕込んで使用する。

彼らはエージェントと呼ばれる。

「つまり工作員の下に、現地雇いのエージェントがいるわけですね？」

「そう、近代的な組織図はそうなりますが、昔もそう変わりなかったはずです」

危険な工作部門は地位の高い家柄、特権階級の子供は除外する。

なる必然性もないし、捕まった場合、取引材料にされる心配があり、影響があまりにも大きすぎるからだ。

いつの時代でもその感覚は同じである。

最前線の工作部は下っ端武士の仕事だ。目立たずひっそり下の身分がいい。こき使って具合が悪くなれば、手間はかからない。あとはきれいさっぱり味方が口を封じるだけである。使い捨てだ。

だが、いくら下層の階級でも、馬鹿にエージェントは務まらない。読み書きは必須で、字が読めなければ敵の秘密書類が読めないし、得た情報を送る手紙文も書けない。どうにもならないのである。

読み書きは、工作員やエージェントの絶対条件ということになる。

「斬り合いなら体力勝負ですが、スパイは頭脳戦です」

しかしエージェントは、消耗品だ。

せっかく仕込んでも、どんどん殺害されてゆく。味方による斬り捨てもある。そればかりではない。他国へ潜入すれば逃亡、寝返りもあって、常に不足している。

情報は藩の命。それなくして藩は生き残れない。

どの大名もエージェントの補充は必要不可欠の急務である。その充実度が、藩の命運を右左する。

だからこそ、読み書きを教える藩校が、雨後の竹の子のように増えたのだ。

読み書き算盤、藩校は武士の教養度を高めるためではない。骨太で即戦力のあるスパイ養成学校だ。足軽を含め多くの下級武士を募ったのも、機会均等の待遇を与えたのでもない。斬り捨てられる下級武士が必要だったのだ。

優秀な人材は、即刻エージェントとして採用し、手柄を立てれば恩賞を与え、けっこうな身分に引き立てる。

下級武士にとっても、読み書きに一切の望みを託せば、工作員となって身を立てられるかもしれない。そのことを知っているから、下級武士は我も我もとこぞって藩校に通ったのだ。

「日本に、寺子屋がたくさんあったのは」

望月が、茶碗の中身を覗きながらしゃべった。

「日本人が教育熱心だったからだ、と自慢げにいう読みの浅い学者がいるがトンチンカンです。慢性的な飢饉（ききん）が続き、いたるところに餓死者が転がっている時代に、知識欲が学問のモチベーションになるというのは理屈に合いません」

目を瞑（つむ）ってお茶をすすった。

「すべては飯のため、暮らしのためです。下級武士が学問や武芸に精進したからといって、せいぜい同じていどの家格（かく）から婿（むこ）の口がかかるぐらいで、執政（しっせい）への道につながることはありえない。下士が身分の違いを超えて、出世するには優れたスパイになるのが一番手っ取り早いということになります」

「私塾はどうかしら。スパイとは関係がないと思いますが……」

「いやいや同じです。そんなに甘くはありません。私塾だって大名の手に握られていて、勝手に開くなど不可能でした」

いたるところに目が光っているのは、今の北朝鮮以上だった。

有名なのは、長州藩の松下村塾だ。

松下村塾はまさにスパイ学校そのもので、伊藤博文、高杉晋作、桂小五郎、山県有朋、品川弥二郎、久坂玄瑞……。優秀な長州侍の多くは松下村塾の塾生、すなわち工作員やエージェントとして訓練を受けた者たちである。

「寺子屋や藩校がスパイ養成所を兼ねていたなんて……」

高杉晋作がすごいのは、上級武士でありながら自らスパイ組織の頭にならんとしたことだ。

ユカは瞳を輝かせながら言葉を重ねた。

大学の教えから大きくはみ出した話に、いたく刺激されているようだった。

「さらに危険度の高い仕事は、一度、脱藩させてから送り出すことになります。仮にしくじっても、不祥事はあくまでも脱藩した、食い詰め浪人がやったことだと、腹を切らせる。厄介ごとは下級武士で完結する」

「かわいそう……」

「まったくもって哀れです。武士の誉れだと言ってはスパイに仕立て、都合が悪くなれば即、捨石。エージェントの盗み出した情報は、もっぱら上級武士で占められている『情報部』へ送られます。長州藩を例にとれば、開明派の『情報部』には、上級武士の桂小五郎が座っており、工作員部門は下級武士の伊藤博文が仕切っていたと考えています」

「伊藤博文がエージェントの元締めですか」

ユカが爽やかに訊いた。

「伊藤は、安政五年（一八五八年）七月二十六日に京都に潜入します。もちろん藩命で、約二カ月間の任務です。そこで腕を買われて、戻ってすぐの十月九日、今度は長崎に走っている。長崎海軍伝習所を中心とした情報収集です。そこでまた、めきめき頭角を現わすのですが、翌年の十月十一日には桂小五郎と共に、いよいよ江戸に赴き、長州藩桜田藩邸内にアジトを作っています。足軽の伊藤博文が十九歳のころです」

「随分、若いんですねえ」

「見事なものです」

望月は茶碗を覗き、あるかなしかの茶をすすった。

「彼は頭脳も体力も抜群だし、凄みもあります。国学者、塙次郎を暗殺したのは、一八六二年（文久二年）十二月二十二日。知ってのとおり、伊藤は明治になって初代の内閣総理大臣ですが、おそらくテロリストが総理の椅子に座ったのは、後にも先にも伊藤だけで、殺めた数は一人や二人ではなかったと思う」

「テロリストが千円札の顔だったなんて、いいんですか？」

「それは、今の倫理観で考えるからです。大の大人が人斬り包丁を持ってうろつき、闇と闇の勢力が激しく斬り合い、街では公開処刑、晒し首が当たり前という世が世ならばの話で、伊藤のしたことは無謀でもなんでもありません。むしろ栄光の暗殺ですよ。ユカさんみたいなことを言ってたら、世界中の英雄は全員、お札の顔、失格ではないでしょうか」

ユカは納得しかねる顔で、腕を組んだ。理屈では分かるが、感覚が付いていかないらしい。

「で、江藤新平ですが」

話の軌道を大幅に修正した。

「彼も下級武士、しかも脱藩している点では、龍馬と同じ構図です」

「偽装脱藩……あっそうか、それで江藤の脱藩は、わずか三カ月」

「呑み込みが早い」

「たった三カ月だけの脱藩というのも、首をひねる話ですね。でも彼を調べてみると、他にもおかしなことだらけなんです」

「ほう」

望月が眉を開いた。

「京都にまっすぐ入ったと思ったら、江藤は唐突に桂小五郎と逢っています。これも不思議だし、姉小路公知と面会しているのも変です」

「資料にありますか？」

「ええ、ちゃんと残っていますよ、先生」

「うーん……なるほど……姉小路は公卿の尊王攘夷勢力、すなわち皇族、革命派の実力者です。下級武士の江藤が、どうやったら身分の高い桂や公卿に逢えたのか？」

「眠れないほど不思議です」

「常識的に考えても佐賀の田舎足軽が、大都会の京都にぽっと出てきて、いきなり桂小五郎はありえません。身分の違いもそうですが、どうやって居場所を嗅ぎ付けたのか？　しかも捕まえるタイミングがジャストミートすぎます。というのも桂は当時、伊藤博文を手駒として付き添わせ江戸、京都を忙しく行き来していましたからね。おそらく、先駆けて江藤を京都で待ち受け、桂に手引きした人物がいたはずです。それもかなりの身分の高い武士。そうでなければ、どこの馬の骨か分からない江藤など、桂や姉小路は歯牙にもかけないはずです」

「革命派どうしの偶然の出会いはありえない。そうすると、そこには秘密の連絡網があった……」

「分かってきましたね」

「そのくらい想像つきます」

ユカが微笑んだ。

「秘密組織というのは、部員と部員を結ぶ点がないと絶対に機能しません。敵はその点を必死で探り、叩き潰しにかかってくる。だからもっと深く潜る。潜って潜って動き回る部員には、常に点、つまり固定されたアジトがいる。歴史の表舞台から、すっぽりと抜け落ちた秘密のアジトの存在です」

「頭の固い歴史家には、苦手な分野です」

「記録がないからしかたがありませんね。ただ」

望月がポットから急須に湯を注ぎながらしゃべった。

「開明派の秘密組織だけは、おぼろげながら全体像が見えています」

「………」

「鍵は外国の公文書を含む、あらゆる外国の書簡の中にあります。それらを精査すれば、難しい話ではありません。

外国文書には、たとえばアーネスト・サトウと頻繁に逢っている志士の名前がずらりと並んでいます。岩倉具視、西郷隆盛、坂本龍馬、高杉晋作、勝海舟、五代友厚、寺島陶蔵(後の宗則)、陸奥宗光、後藤象二郎、吉井幸輔、森有礼、大隈重信など夥しい数です。

彼らの所属は朝廷、幕府、薩摩藩、長州藩、土佐藩、紀州藩、佐賀藩。外国書簡から読み取れるのは、志士たちが本来所属している職場を超えて、横に連なっているということです。つまりアーネスト・サトウは、開明派の動くアジトのような役目をはたしています。彼を中心に数珠つなぎです。もちろん、共通する思想は一つです」

「倒幕ですね」

言ってユカは神妙に息を呑んだ。

「外国文書からは、まさにサトウに擦り寄る志士たちが見えてきます。イギリス情報部はそれに充分に応え、革命派の後ろ盾として骨を折っているどころか、誘導し、煽ってさえいます」

「そのトップは、英国公使パークスということになりますか？」

「そりゃそうですが」

望月はユカの器に茶を入れる。

「現場を仕切っていたのは断然アーネスト・メーソン・サトウです。それ以外にありません」

断定した。

「サトウは、英国公使館付通訳以外にもうひとつの顔を持っています。工作員の首領、今のＣＩＡで言えば『ケース・オフィサー』と呼ばれる役回りです」

「なんですか？」

「いってみればエージェントを束ねる親分です」

望月は新しく入れ直した茶をゆったりと味わう。上質な茎茶だ。まろやかでかなりいける。

「記録によれば」

器をテーブルの上に置きながら続けた。

「サトウには別手組と呼ばれる十六名のボディガードが常に付いて回っています。別手組は幕府が送り込んだ腕っ節の強いボディガードですが、サトウを探るための目付役でもありました」

ところが、逆に次々とサトウの配下に寝返ってゆくと説明した。

「ご一新」の後、新政府が誕生してすぐの一八六八年（明治元年）十月のことだ。十六名全員が外国人警備隊員としてそっくり抜擢されたのである。

「代表の佐野幾之助がサトウをうかがい頭を下げている。あなたのおかげで新政府のこんないいポジションにつけたとね。そりゃそうです。お里は幕府差し向けの下っ端用心棒だったのですからね。サトウの力をもってすれば雑作もないこと。こんなところにも、いかにサトウが親分で権力を握っていたかという一端が垣間見えます」

望月は、フルベッキ写真を引き寄せた。

「サトウが操った革命秘密結社。それと、この写真がつながっているような気がしています」

望月は自問するようにしゃべった。

「国の支配者は、なぜこの写真を抹殺しなければならなかったのか？　驚くべきものが写っているからに違いありません。そしてそれは僕への品のない脅しや、岩本氏の消息不明とリンクしているのではないか。このことは何度も僕の脳裏に走り込んでいながら、一度も正しい答に近づけないもどかしさがあります。なにかが思考を妨(さまた)げているのですが……そうだ、これを……」

と言って、思い出した岩本の手紙を見せた。

ただかりそめの
　宿と思うに

「なにかの意味を含んでいるんですか?」

望月はユカを見つめた。

「律儀に送ってきたところをみると、たぶん。岩本氏はだれかに追われているか、あるいは追われたと感じて、どこかに身を隠したんだと思います。そして潜伏先から僕に一肌脱いで欲しいと、この手紙を寄越した。しかし、頼りにされたこっちとしては、不甲斐(ふがい)なくもお手上げです。最近目覚めが悪い」

ユカはフルベッキ写真に目を移した。

「先生」

ユカが指で、写真の真ん中あたりを突いた。

「この人じゃないかしら、分かりますか？」

4 ── 血脈

三人の少年

「大室寅之祐（おおむろとらのすけ）という名前……」

「この子でしょう？」

望月はお手上げとばかりに首根を叩いた。

「わたしも少し調べてみたんですけど、どの文献にも見当たらない名前です。インターネットでは、いろいろ拾えますけど」

「ユカさん、インターネットなら僕も読みましたよ」

望月は苦笑した。

「明治天皇だとかいう与太話」

「とても真面目なものではありません。でも」

ユカが話を続ける。

「一応、刀を持っているくらいだから、藩士ですよね」

「そう身嗜みは立派な若侍です」

「どこから来たんでしょうね。この子」

世間話のようなやりとりがあって、生煮えのまま会話が途切れ、そこでお開きになった。

「大室ねえ……」

ユカが帰ったあと、一人呟きながら、群像写真をコルクボードに貼り付ける。

机の横の壁だ。

全体をしみじみと眺めてみた。いったん見だすと目が離せなくなった。

向こうの面々も見返してくる。一人一人が一切を承服すまいとする強い意志を持っており、なかなかの面構えである。

写真は静かな佇いだが、人知を超えたエネルギーとでもいうのだろうか、人に覗かれたくない強烈なマグマが奥深いところでどろどろと煮えくり返っているようでもある。

まんべんなく見回していると、ひょいと三人の若い坊やが立体的に浮き上がった。

ユカと首をひねった大室寅之祐、そして岩倉具経と右下の横井大平と書かれている子だ。

名前とともに写真に書き込まれた年齢は、それぞれ十四歳、十三歳、十四歳。

この年齢は、撮影慶応元年説をもとに割り出して掲載されているのだが、生まれた時を一歳とする昔流の「数え歳」を採用している。今流なら一個ずつ若くなるので、それぞれ十三歳、十二歳、十三歳になる。

屈託のない顔で口をぽかんと開けている子を見た。

横井大平。本物だとしたら、かの有名な横井小楠(しょうなん)の甥(おい)で後の養子である。

横井小楠、こいつは曲者(くせもの)だ。

熊本藩士だが、その正体は不明の部分が多い。

政治家であり、思想家であり、経済学者であり、だが根っからの開国論者である。

どこから仕入れていたのか、洋物の情報にはやたらと詳しく、アメリカの初代大統領、ジョージ・ワシントンにかなり傾倒していたのは事実だ。ただ、ジョージ・ワシントンが最高位である三十三階級の筋金入りフリーメーソンで、その思想までを知っていたかどうかまでは不明だが、とにかくかぶれている。

小楠は熊本で私塾を持っていた。

ところが、ひょんなことで福井藩主松平春嶽(まつだいらしゅんがく)に気に入られてスカウトされ、春嶽のアドバイザーとなる。小楠が籍を置く熊本藩の承諾を得た正式なものだが、熊本藩から福井藩へのトレードは不思議だ。そんな話など聞いたことがない。

よほどの裏がある。しかしどういう経緯、因縁(いんねん)があって引っぱられたのかは、定かではない。

小楠は吉田松陰と違って浮き沈みはない。あの勝海舟が一目も二目も置くほどの人物で、坂本龍馬の師匠的存在だったということも、奥が深い。

元治元年（一八六四年）二月、小楠は大平とその兄の左平太の二人を、勝海舟の神戸海軍伝習所入りさせるべく、龍馬に預けている。なにやら想像以上の黒幕であったに違いない。

高杉晋作もまた、小楠と逢っている。

面会した高杉はすっかり小楠に感服し、最高指導者として長州藩に招く計画さえ練っていたくらいだ。

すなわち、小楠は開明派が奪い合うほどのものを持っている。幕末のキーマンだ。

いったい小楠がなにを持っていたというのだろうか、それが分かれば、幕府の謎に近づける。

群像写真を眺めながら、ぼんやりとそんなことを思っていた。

――出来すぎている――

望月の素直な感想である。

後から名前を書いたにしても、志を同じくする人物、つまり横井小楠、勝海舟、坂本龍馬、高杉晋作……今頭に浮かべた全員のそっくりさんが納まっているのだ。

比較写真 7

横井小楠の甥、横井大平（左）。後に小楠の養子となる。右がフルベッキ写真

比較写真 8

大平の兄、左平太（右がフルベッキ写真）。横井兄弟が本物なら、撮影時期が限定される

そして、横井左平太と横井大平は、本物に間違いない。

これが望月の見立てだった。【比較写真7、8】

理由はまず、現存する他の写真と似ているというだけではなく、フルベッキの手引きで米国に渡っていること。さらに言えば、写真を撮ったであろう慶応元年には、小楠が兄弟に宛てた手紙で、二人が長崎にいたことが証明されているのである。

「なに！」

思わず声を出した。

二人が確実だとすると、とんでもない事実が成立することに気付いたのだ。

群像写真の撮影時期だ。自動的に絞られてくる。

二人のアリバイだ。なんとしても撮影は、慶応二年四月より前でなければならないのである。

すなわち左平太と大平が日本を離れ、渡米したのは慶応二年四月。

ならば、写真はそれまでに撮り終えていなければならないということになる。

では、帰国してからの撮影はどうか？

いや、それは難しい。

兄、左平太の帰国は明治六年だ。明治六年以降の撮影はありえない。

そういい切れる根拠は、有り余るほどある。まず弟の大平は明治二年に死亡し、岩倉具経は、明治三年から明治十二年まで日本を離れているのである。

つまり横井左平太、大平、岩倉具経の三人がそろって日本で写真に納まるには、慶応二年四月より前しかないのだ。

時間の壁は破れない。

横井大平、左平太が本物であれば、絶対に覆せないアリバイが明治撮影説を崩す強力な武器となる。だれが何と言おうとも、こればかりは目をつむることはできない。

してやったり、こいつは大発見だとにんまりした時だった。

望月はふと、また別の重大な点に思いあたった。今日はやたらと冴えている。

気付いたのは、志士たちの社会的地位だ。

ほぼ本物だと認めた志士に限ってみても、単なる二本差しの武士ではない。言ってみればひとかどの人物である。

特に子供はすごい。

他の侍と並ぶには夢のような血筋か、さもなくば立派なコネ筋の子だ。公家の血が流れる岩倉しかり、横井小楠という大物をバックに持つ左平太、大平しかりだ。

するともう一人、十三歳の大室寅之祐なる若侍だってそうでなければならない。

しかし、妙なことに。まるで聞いたことがない。

いったいどういうことなのだ？

家柄は度外視できない。

大室寅之祐。

群像写真に列席できるくらいの十三歳ともなれば、上級筋の侍に違いなく、ならば、すでに岩倉や横井のように面は割れていなければ不思議な話になってくる。

写真贋物説の立場をとる連中からでさえ、この少年はノーマークであり、まったくの沈黙なのである。

もう一度、垢抜けした若侍の顔に目をやり、望月は首を捻った。

――大室寅之祐とは、いったい何者なんだ？　ひょっとしたら……インターネットの書き込みに見た明治天皇というのはありうることなのか……――

心で呟き、次の瞬間、その考えを引っこめた。

そして一瞬たりとも、大真面目でそんなことを思った自分を笑った。

訃報（ふほう）

最悪のニュースが飛び込んできた。

電話の主は、岩本の家の隣に住む主婦だった。

前回訪れた時に、岩本の消息について、なんでもいいから教えてくれるよう名刺を置いてきた相手である。

開口一番、岩本の死亡を告げたのである。

望月に複雑な衝撃が走った。

「どういうことでしょう」

「先ほど」

硬い声だった。

「大阪の息子さんが、ウチに来られまして……」

岩本の息子は菓子折りを手に、近所を一軒一軒回っているらしかった。

死因は心臓発作、つい一週間ほど前の出来事だったという。

主婦からのまた聞きなので、内容は心細い。

望月は息子と直接逢って、詳しい話を訊きたいと思った。礼を言い、今から岩本の家に出向くことを告げた。

「小一時間で着くと思いますので、息子さんにはどうか待っていただけるよう、お伝えいただけませんか」

相手の都合も聞かずに電話を切ると、本を一冊だけ引っ摑んで外に出た。

朝の十時、通りかかったタクシーを捕まえる。

道路は空いていた。だが車はのろかった。

高齢の運転手に望月の気持ちは伝わらず、慎重このうえないスピードを保った。おかげで到着は、目算よりかなり遅れた。

パナマ帽を押さえながら車を降り、急ぎ足で門をくぐり、いきなり岩本家の玄関ノブを回した。

すんなりとドアが開いた。黒い男物の靴が一足、几帳面にそろえてある。

「すみません」

声を張り上げ呼びかけると、廊下に顔を出したのは四十がらみの男だった。

中肉中背の分別ありげな人物である。

推し量るような表情には、いくぶん強張りの色が見えた。

岩本と逢ったのはたった一度だけだが、頭を七三に分けた風貌が父親に似ているせいなのか、ふっと親しみを感じた。

望月は帽子を頭から浮かして、軽く会釈をした。

「望月といいます」

名刺と持ってきた自著本を手渡す。

歴史の研究で、岩本氏とは良い付き合いがあったが、連絡が取れなくなったので大変心配していた、といくぶん関係を誇張してしゃべった。

男は、恐縮したように本をしみじみと見下ろしている。

小道具に持ってきた本が効いて、安心したのだろう、視線を戻したときには表情がほどけていた。

男も名刺を寄越した。

父親、光弘（みつひろ）の一字をもらったのか、名前は岩本光一（こういち）である。

肩書きは関西設備工業・電気部次長。

父が生前、お世話になりましてと頭を下げる。

その仕草はぎこちなかったが、いかにも技術畑らしい律儀さが垣間見えた。

「おかげさまで無事、大阪での葬儀も終え、あとはこの家の片付けと思いまして……」

望月は型どおりに労をねぎらってから、さりげなく話を進めた。

「お隣の奥さんから伺ったのですが、突然の心臓発作とか」

光一の眼が泳いだ。望月は、それを見逃さなかった。

「違うのですか？」

「いえ……心臓発作なことは心臓発作なんですが……」

うめくようでもあり、しどろもどろでもあった。望月が無言で見つめていると、言いにくそうに口を開いた。

「実は、川に転落しまして」

「川？」

「はい」

「どちらの？」

「山口県の柳井です」

馴染みのない土地だった。

「たぶん、川縁を歩いていて、急に心臓発作が起き、転落したのではないかと。父は足腰が弱っていましたから」

望月は、関節を軋ませながら待ち合わせ場所に登場した岩本を思い出した。

「ということは、溺れて？」

単刀直入に訊くと、光一は言葉に詰まった。

「どうでしょう。警察は心臓発作が原因の転落死、という微妙な言いまわしだったと思います」

当局は、持病だろうと事故だろうと、事件性はないのだから細かいことはどうでもいいという、投げやりな対応を見せたらしかった。

望月は少し間を置いてから、思い切ってしゃべった。

「こんなことを言ってはなんですが、不審に思うことはありませんでしたか?」

光一は目を丸くした。棒を呑まされるような顔をし、それから訝(いぶか)しげに訊き返した。

「不審といいますと?」

「死因です」

「……」

「少し前ですが、岩本さんからだれかに付け狙われている、と告白されたことがありましたもので」

「付け狙われている……」

光一は、驚いたような目で望月を見た。

「父の思い過ごしではないでしょうか。以前からそんなようなことは口にしていましたから」

「……」

「どうかしているんです。年寄りが一人で暮らしていると妄想がひどくなりやすいんでしょうね。しまいには用心のために、僕とも接触しないと言い出すしまつで」

馬鹿げているといったふうな口調だった。

「その時、深刻な表情でした？」

「電話でしたから……ボケがはじまったのかもしれません」

と言った刹那、なにかを思い出したような顔をした。

「えーと、ナンキョウタンって、ご存知ですか？」

「なんですって？」

「たしか、ナンキョウ……と」

耳に覚えのあるサウンドだった。

すぐに思い当たった。ホテルニューグランドだ。帰り際、岩本にだれに狙われているのかと訊いたとき、岩本がとっさに口走った単語だ。

あのときは、小声の早口だったのでよく聞き取れなかったが、いまこうして改めて耳にすると、ナンキョウ云々というサウンドだったような気がした。

「馬鹿げた話ですが」

光一は、陰気な顔をした。

「狙われていると、父が言った後に、ナンキョウタンとかナンキョウダンとか口走ったと思うんです」

「それなら僕も聞いてます。それで、そのナンキョウタンがどうかしましたか？」

「いえただそれだけです」

「漢字は分かりますか？」

「さあ。……はたしてほんとうにそう言ったかも、自信はありませんし」

語尾が小さくなり、途方にくれた顔をした。余計なことをしゃべってしまったという表情が含まれている。

「岩本さんが狙われていたとして、その理由に」

話の角度を変えて訊いた。

「心当たりはありませんか？」

この質問に、逆に光一が真面目な顔で訊き返してきた。

「先生は父の友人だとおっしゃったので、むしろ今、こちらの方から伺おうとしていたくらいなんです。父は、何に夢中になっていたのでしょうか？」

「目指していたものはわかりませんが、打ち込んでいたのは一枚の写真ですよ。外国人教師を囲む、幕末の群像写真」

「そうですか……」

陰鬱（いんうつ）な顔で、ちょっとの間物思いにふけった。望月は穏やかな顔で、話し出すのを待った。

「私も知っています。何度も見せられましたから。妙なものに興味を持ってしまって……でも、もしそうだとして、なぜそんなもので父が命を狙われなきゃならないのでしょう」

「それが目下、我々の共通する疑問です」

と重みをつけて訊いた。

「で、しつこいようですが岩本さん。写真については、それ以上はなにも触れませんでしたか？」

光一は、考えるように視線を落とした。頰をこすりながら一分近くも黙りこくったろうか、ようやくぼそっと薄い唇を開いた。

「記憶では、写真の武士の多くは本物だと……」

首を横にふった。目元に、まったく論外だというような、すくいあげるような笑いが浮かんだ。

一悶着あったのかもしれない。おそらく父親に言われ、自分なりに少し調べたが認めることができなかったのだ。かすかな軽蔑が加わったようだった。

「まるで父の愛玩物です」

「僕も最初は気に入りませんでしたが」

望月がしゃべった。

「今はなにか、写真には特別な情報が写っているような気がしています。実は」

望月はパナマ帽をさわり、改まった口調で続けた。

「最後に岩本さんにお会いしたとき、僕に渡したい資料があるとおっしゃいましてね。まだ受け取っておりませんが、お父さんの研究の集大成で、是非とも本の執筆に役立ててくれと」

少し大袈裟に言った。

「集大成ですか……」

ここで言葉を区切った。

光一は手にしていた望月の本に視線を落とし、ふと顔を上げた。

「書斎、見てみますか？」

「ぜひ」

部屋は一階の玄関脇にあった。

どこか昭和初期を思わせる、板張り床の心地よい書斎だった。

窓辺に大ぶりな机があり、座りのよい椅子があった。背の高い幾つもの木製の書架が壁という壁を塞いでいる。

整然としていた。よほど精を込めて集めたのだろう、上から下まで歴史本がびっしり埋まり、いつもここに籠もっていた岩本の姿が偲ばれた。

端に、毛色の違う本が二十冊くらい並んでいる。

子供の本だ。それは主婦が話していたボランティア用の御伽噺の本に違いなかった。

パソコンはなかった。かつてあった、という形跡も見当たらなかった。

机の上には木箱があり、中にはプラスチックの何匹もの昆虫どもが折り重なっていて、見覚えのある蜘蛛や蝶もいた。

ブルーのインク瓶。隣には革製のペン皿。万年筆、ボールペン、マーカー類が几帳面に数本横たわっている。

しばらく眺め回した。

「僕とは違って……よほどきれい好きです」

しみじみ言い添えた。

「いえ……それがちょっと」

「……」

「さっき家中を回ったのですが、普段はもっと雑然としていまして」

「こんなに整頓されていなかったと？」

「特に書斎は。机の上は調べ物で山積みでしたし、あふれた本は、床にまで広がって足の踏み場もないありさまでしたから」

望月は、少し考えてから訊いた。

「お掃除の人を雇ったということは？」

「そんな人じゃないです」

言下に否定した。

「他人を寄せ付けませんでしたから。特に書斎は」

そう言われてもう一度机の上と書架に視線を当てた。腑に落ちない点が見つかった。

奇妙なのは、書く用具はあるものの、書かれる側、つまりノート類がなかったことだ。

ひょっとして、賊が侵入したとは考えられないだろうかと思った。

生ぐさい重要書類を求めて、ひとつひとつ丁寧に書類をほじくる。岩本の記録はすべて持ち去り、自然と片付くかっこうになったというのはどうだろう。

「侵入された形跡は？」

「ないと思います。預金通帳類とかの貴重品は、机の引き出しにそのままでしたし」

と言いながらも、光一は窓に寄って内鍵を覗いた。調べる気になったらしい。

異常のないことを確認してから書斎を出た。望月も一緒に付き合い、隣の寝室、居間のベランダなど見て回った。

不審な個所が一つあった。

風呂場の窓だった。鍵が外れ、ほんの数センチ開いていたのである。

だれかの侵入は可能だった。

だが、警察への通報はためらった。窓が若干開いていたからといって、そこから忍び込んだとは限らなかったし、預金通帳を含め金銭的な被害はないのだ。

不審点はノート類がないのはおかしい、というただ一つである。

それと、部屋がきれいに片付いている点である。

この二つだけが、賊が入ったらしいことを連想させる、なんとも頼りない根拠なのだ。

力がこもらなかった。

警察はあきらめ、居間に戻った。

うっかり見落としているもの、あるいは訊き忘れているものはないかと思いを巡らせた。

一つだけ、あった。

「旅行中の鞄はどうしました？」

「見つかりませんでした。警察の話では、川に流されたんだろうと」

心の中で舌を打った。

――骨身を削った集大成は、永遠に失われてしまったということなのだろうか――

「携帯電話はどうです？　あるいは手帳のたぐいは」

「携帯電話は嫌いでした」

心細げに言った。

「手帳は所持していたはずですが、どこに行ったのか目にしてません。他の遺留品は、水浸しでおしゃかになったカメラと財布だけです」

あれもなし、これもだめの八方塞(ふさ)がりだった。

願わくば、光一も父親の死に少なからぬ疑問を持ってほしいものだと思った。

望月は落胆の色を隠し、念のために質問した。

「今回の旅行目的とか、宿泊先が分かるような手がかりはどうでしょう」

光一は、細い首を傾けた。

「とにかく、残っていたものは財布だけでした。中身はお札が二万円と千円札が少し、それに保険証とカード。これがすべてです」

分かったことは、賊が入ったかもしれない家の貴重品はそのままだったこと。そして、岩本の財布も手付かずだったことである。

つまり、仮に岩本を殺し、この家に侵入した者がいたとしても、カネには目もくれない連中の仕業だったということになる。

――そうなれば、目的は口封じしか考えられない。しかしそうだとしても、何を封じたかったのか？……――

そんな妄想も、居間に戻ってくるまでだった。

なにげなく部屋をぐるりと見渡したときである。大きく見開いた目は、特別なものをしっかりと捕らえていたのだ。

右の壁に貼られた短冊である。その短冊には金色の縁取りがあって、懐から取り出した短刀のように、しっかりと望月の胸を抉っていた。

筆書きで鮮やかにこう記されている。

ここにても
　雲井の桜咲きにけり
ただかりそめの
　　宿と思うに

こいつだ。

岩本から最後に受け取った謎の文言が、歌の下の句とぴったり一致している。

期待は不発に終わったと思った矢先の、けっこう、この上ない発見である。

「だれの作か、分かりますか？」

とっさに訊いた。意気込んだ口調に光一も慌てたように首をよじって眺め、それから分からないという視線を寄越した。

「知りませんか……」

望月はがっかりして語尾を下げた。

「父は歌が好きでした」

しみじみとしゃべった。光一はここにきて疲れがどっと出たようだった。

「昔は言論の自由などありません。ですから本心を歌に託した。昔の詠み人は、自分の心境を密かに歌に隠し込んでいる。そう、よく父が言っていたのを思い出します」

「暗号ですね？」

「ええ、それを現代の歌人は詠み解けない。学者も理解できない。父のたしなみは解読することでした。史実と歌を突き合わせると、真実が浮き上がってくるんだと」

——この歌に、だれが何を隠しているのか？——

そんなことを思いながら別の壁に眼を転じた。そこにも歌があった。

もののふを
　ひきつとひても百船の
　　はつる室津の月を見るかな

望月はジャケットからデジカメを出して、両方の歌を写した。

「長い間、ありがとうございました」

丁寧に礼を述べ、調べてもらいたいことをひとつだけお願いし、家を出た。


「かりそめの宿」


ナンキョウタンという単語が、頭の中で騒がしかった。

どういう関連があるのか、得体の知れない名前だ。

せめて漢字が分かればと思った。「南京譚」「難鏡嘆」。

……いや光一自身、聞き違いかもしれないと言っていたので、ひょっとしてナムキョウダン、「南無教団」と書くのかもしれない。

しばらくいじくっていたが、これといった閃きはなかった。


一方、フルベッキ写真の解明は順調だった。

翌日早々、横井大平と左平太は、ほぼ間違いないと二重丸を付けたあと、もう一人、本物が生まれた。

佐賀藩士、中野健明だ。

比較写真 9

佐賀藩士で、後に長崎と神奈川県知事を歴任する中野健明（矢印）。フルベッキ写真（左）では顔が隠れているが、子孫も本人と認める

中野はフランス、アメリカの両日本国公使館勤務をへた後、長崎県、次に神奈川県の両知事を務めた大物である。

群像写真では、顔の三分の一が前の侍に遮られていて見えないものの、中野に限ってそれで充分だった。鮮明な顔写真が他に数枚残っていたのだ。

顔の輪郭、目、鼻、口元、見える部分すべてにおいて違和感がない。【比較写真9】

しかも、贋物説を強硬に唱える連中ですら、潔く中野健明には本物のお墨付きを与えており、子孫も認めていることが分かった。

香り立つカフェオレをすすりながらコルクボードの写真を眺め、次の人物の検討に移ろうとしたときだった。

携帯の着メロが鳴った。

「もしもし、ユカです」

電話のむこうで、爽やかな声が弾んだ。

「例の歌ですが、判明しました」

きっぱりと言った。

岩本の家から戻ってすぐ、和歌について調べてくれるよう、ユカに依頼してあったのだ。

「随分と手際がいい」

「大学時代の友人に、和歌の研究家がいたものですから」

「なるほど、専門家ですね。それでは、さっそくお願いします」

「例の〈かりそめの宿〉の方は新葉和歌集の中の一首で、後醍醐天皇の作です」

「後醍醐天皇？」

望月は小首を傾げた。

「もうひとつは、残念ながらまだ分かりません。おそらく、ヒントは歌にある〈室津〉だと思います」

「地名ですね？」

「たぶん。でも、昔の地名でしょうから探すのは大変みたい」

「うん。そのお友達に、なんとかうまく手繰ってもらうべくたのんでください」

「了解です。でも、後醍醐天皇の歌とフルベッキ写真がどう関係するんでしょうか？」

「ぜんぜんぴんときません」

苦笑した。

「先生、なんども言いますが気をつけてくださいね」

「ああ、ありがとう」

と答えたが、じっさい油断のならない道を歩いている感触はある。

岩本は自分より警戒心の強いリアリストであるのに、まったく異なる世界に足を踏み入れ、命を落としたという思いがある。

気は滅入るがなぜかぐいぐいと引き込まれ、岩本が残した手がかりは探っていく決心に変わりはない。ここまで来た以上、途中で投げ出すようなことはしない。

かといって、露骨に動くのはまずい。気をゆるめず、遠慮しながら、ぎりぎりのところでなぞれるだけなぞってみる。

「ユカさんも用心してください」

皇位

電話を切ると急に静かになった。ぽつんと残ったのは、後醍醐天皇の和歌である。

これほど和歌にこだわり続けていたからには、きっとなにかがあるはずで、岩本の恐ろしい結末も、この時代に理由が秘められているのではないかという勘がさかんに働いている。

——こいつをどう料理するかだ——

望月はさっそく気持ちを整え、後醍醐天皇をまな板に載せることにした。

時代は鎌倉末期である。

血を分けた天皇親子が、兄弟が、親族が、武家勢力と縦糸横糸に絡み合って争った時代だが、天皇家が内輪でこれほど激突した歴史も珍しい。

忙しく、滞りなく、そして複雑過ぎる。

書架からあわただしく歴史本を数冊引き抜き、居間に移った。

ソファに深く腰を沈め、本を開いた。

遡ることざっと七百年前、天下を治めていたのは鎌倉幕府、武士の北条家である。

そして京都にも、無視できない権威として天皇がいた。

武家勢力と公家勢力。

なぜ二つの権威が並立していたのか？

理由は簡単だ。武家勢力は、単独で全国を制覇できなかっただけのことである。

鎌倉時代よりさらに古、大まかに言えば日本には二大勢力が存在していた。

公家と寺家だ。

乱暴に区分けすれば神道勢力と仏教勢力である。

神か仏か、争いは武力を伴う。

公家は私兵を抱え、寺家は自ら武装して僧兵となる。

長い対立の狭間で、いつの間にか寺家の私兵が一大勢力としてのしあがってくる。

新興の勢力、武士である。

武士は次第に寺家から離れ、独自勢力となって戦陣を駆け抜ける。千の武士、万の軍に垣根はない。大きく領地領民を増やしてゆく。

目指すは天下盗り。

しかし、まだ公家や寺家は侮れない。

民の心に深く根付いた信仰という歴史がある。身体は支配できても心は無理だ。たとえ十万騎の軍勢であろうと、心に根付いた公家、寺家を野に追いやることはできず、権力の一端、利権の一部を両者に分け与えなければ、国の安定を保てなかったのである。

公家の権力を抜き取り、武士が屈服させるのは、さらに先の話で江戸時代になってからだ。

血で血を洗う抗争は、武士の宿命である。

四分五裂、袂を分かち派閥を作る。

派閥は、公家や寺家を取り込んでゆく。

公家のトップは天皇であるから、ここで玉（天皇）の争奪戦になる。

玉を抱いたほうが有利になるのは当然だ。やがて決着がつき、一方の側に天皇が囲われる。

だからと言って、負け組が、黙って指をくわえて見ているわけではない。なにせ命がかかっている。

他勢力に囲われた天皇。かくなる上は居直って、別の天皇を立てるのみである。

できるだけいい血筋が好ましい。

となれば天皇の親、子、兄弟、従兄弟のうちのだれかが候補者となる。

一方の公家も派閥があり、天皇継承問題で諍っているから、後ろ盾になってもらうべく武家勢力と積極的に交わる。

ここに果てしない騒乱の幕が、切って落とされるのだ。

その縮図が南北朝時代である。

問題の火種は、少し前の鎌倉後期に充分くすぶっていた。

後嵯峨天皇だ。

後嵯峨には二人の息子がいた。

後嵯峨は自分の座をすんなりと長男に譲った。順当である。兄の後深草天皇だ。

しかし後嵯峨本人には隠居する気などさらさらなく、ワンランク・アップして、手堅く「上皇」の椅子に座ったのである。

「上皇」あるいは「法皇」とは、天皇をやめてから成り上がるポジションだ。今でいうなら社長をやめて、会長席に座るようなものである。

「天皇」から「上皇」へのエスカレーター・システムは、権力にしがみつきたい人間ならだれでも思いつく方法で、いつの間にか天皇家に定着する。

後嵯峨は「上皇」として、いわゆる「院」の座に陣取り、天皇を操縦する「院政」を敷くのである。

ここまではよかった。まだ波風は立たない。

しかし後嵯峨上皇は、なにかが気に食わなかった。

天皇になって間もない長男、後深草天皇を早々と退位させたのである。後深草がまだ十六歳の時である。

それでどうしたかというと、わずか十歳の弟を擁立してしまったのだ。

亀山天皇だ。

瞬間に、おかしくなった。正気の沙汰ではない。

おさまらないのは、草鞋で顔を踏みつけられた兄だ。父親が墓に入ると、兄はさっそく腰を上げ「上皇」の座を強く望んだのである。かつて「天皇」だった兄が「上皇」になるのは、フェアであるという理屈だ。

天皇の弟は、これを拒否。

ならばと兄は、鎌倉幕府すなわち北条氏にすがる。

しかし幕府はそっぽを向く。ようは突っぱねたのである。

公家のことは身内で解決したらよろしい。なんなら、おたくたちの母親に訊くのが、一番いいと思うがな、という態度である。

母親といっても、天皇には側室、側女、あるいは女官とも呼ばれる妾がたくさんいる。したがって実母であるかどうかは、はなはだ灰色なのだが、とにかく兄自ら相談を持ちかけてしまった関係上、鎌倉幕府のサジェスチョンには従わざるをえない。

それで今は亡き父上、後嵯峨上皇の真意はどうだったのかと、母に問うたのである。

その結果、無情にも母上は弟の手を上げる。

これまたなんの証拠もないのだが、とにかく母上の一言で兄はあえなく沈没。

鎌倉幕府もこれを歓迎し、亀山天皇は生気を取り戻す。弟の完全勝利である。そして亀山天皇の子孫系列が後々継ぐことになる。

弟の完全勝利である。この展開はもともと鎌倉幕府、母親、亀山天皇の三位一体のデキレースだったという説もあるが、胡散臭さは歴史の常だ。

話はこれから盛り上がる。

嘲笑の愉悦に耐えかねた兄は邪だとばかりに、怒りを爆発させて、頭を丸め、出家すると言い出す。

「出家してやる！」

脅迫だ。

これには京を離れ、寺家や武家の反幕府勢力と結託して兵を挙げてもいいんだぞ、という暗示が込められている。

そのブラック・メールが鎌倉の耳に入る。京都での面倒を恐れた鎌倉幕府は、あわただしく調停に乗り出す。

万事丸く収めるには、なにごとも順番がいい。

弟系列の次は、兄系列が穏当といえば穏当。頭をひねってジグザグの襷がけ人事を採用し、いさめたのだ。

幕府による苦肉の策だった。

一見、公平な采配に兄も承服するが、これがまた将来に禍根を残すことになる。

公家は狭い世界だ。

明治時代の公家の数さえ、わずか百四十二家である。

狭い京都で兄（後深草天皇）系列と弟（亀山天皇）系列が、完璧に色分けされ、二分して争うことになったのだから悲惨である。

兄の派閥を「持明院統」、弟の派閥を「大覚寺統」と呼ぶが、さらに、それぞれが北朝、南朝と呼ばれるようになるのは、もう少し後の話になる。

兄　後深草天皇＝持明院統＝北朝

弟　亀山天皇＝大覚寺統＝南朝

京都というごく限られた地域。

その中で、敵どうしが肩を並べたままの玉座争奪戦である。

お公家さんである。抜刀しての大立ち回りはできないから、どうしてもいじめ、ちくり、そして毒盛り、陰険なものになる。

業を煮やした鎌倉幕府は、知恵を絞りに絞って再三、再四仲裁に入る。

油断がならない。京都が安定しないと、バランスが崩れ、他の武家勢力が謀反の誘惑にかられないとも限らない。

幕府が出したアイデアで、わりとうまくいったのは十年周期で交代する案だ。

両者はいったんこれで矛を収めるが、しばらくするとまた玉座を牛耳ろうと競り合いが再燃する。

互いに引かず、まったく潔くない中で、一三一八年（文保二年）舞台に登場したのが大覚寺統の後醍醐天皇である。

兄弟喧嘩をはじめた亀山天皇からおよそ六十年、六人目の天皇だ。

後醍醐天皇即位後、またのっぴきならない抗争が勃発する。

今度は持明院統と大覚寺統の争いに加え、こともあろうに大覚寺統内部、平たく言うと後醍醐天皇家の親子、兄弟内輪喧嘩が派手に勃発するのだ。

骨が折れるストーリーである。赤裸々な欲と欲のぶつかり合い、分別もなにもあったものではない。

しかし、ここをきちんと押さえておかなければ、南北朝は理解できない。

望月は目をこすって、一息入れることにした。

開いたまま本を伏せ、キッチンに立った。

マグカップに紅茶をなみなみと注いで、再びソファに陣取る。紅茶を二度すすってクッキーを口に入れ、ページをぱらぱらと戻って読み返す。

「二つの系統」に分かれた皇位継承

後嵯峨天皇退位後、皇位をめぐり２つの血統が対立（両統迭立＝りょうとうてつりつ）し、やがて南北朝の分裂に至る。和睦が成立するのは、後亀山天皇が第100代の後小松天皇に神器を譲渡する1392年のことである。
※系図中の数字は即位の代を示す。北朝は、北1～北5とした

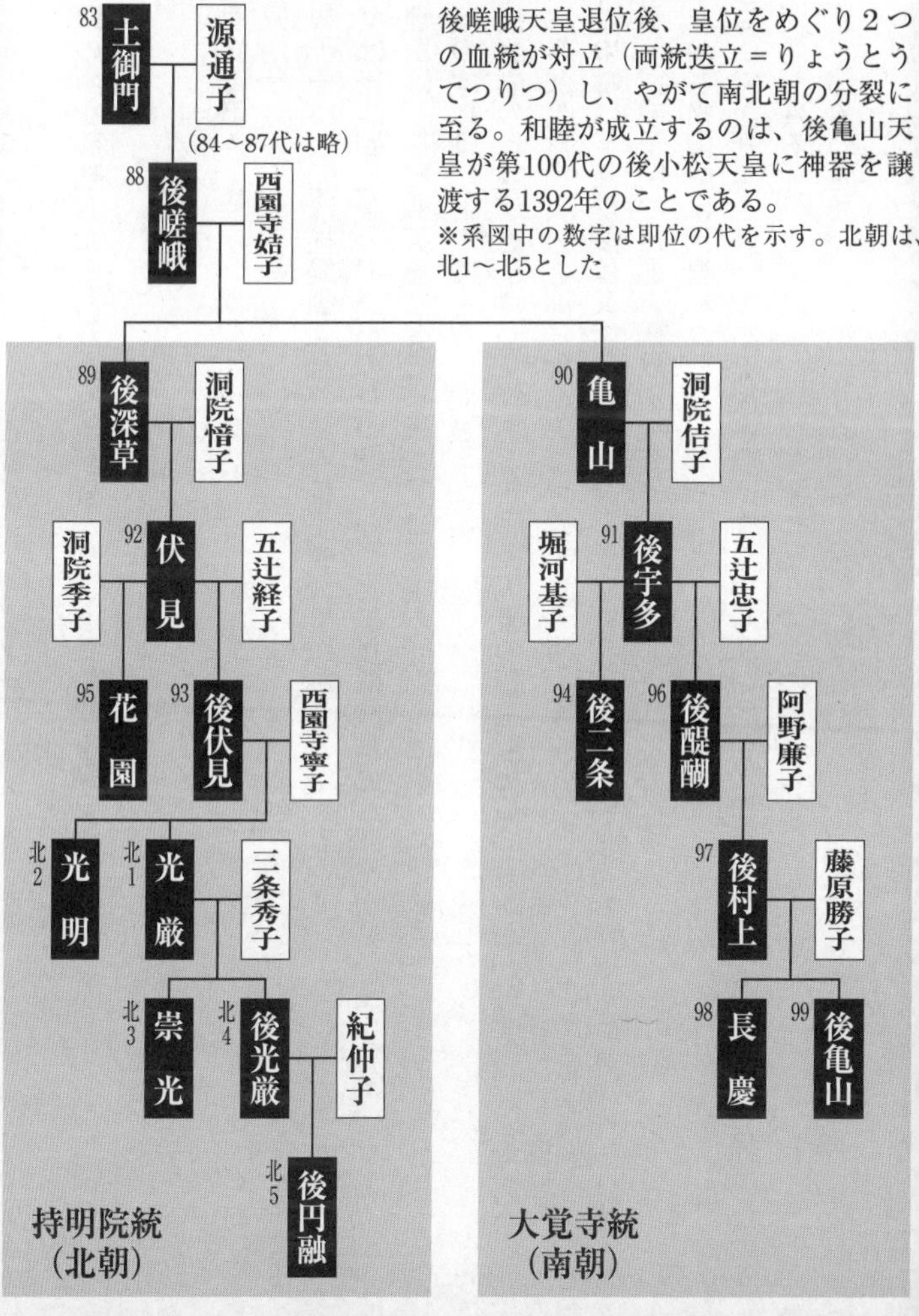

頭の中を整理しながら紅茶を一杯呑んで、また時代を遡った。

建武の新政

親子争いの元は後醍醐天皇の父、後宇多天皇にある。

父は後醍醐を嫌っていたのだ。悲しいことに後醍醐の兄、邦治を好いていたのである。

理由は、後醍醐天皇は妾の子供で兄は正妻の子だ、ということにあるらしい。

他の本には、とんでもない記述もある。

後醍醐の母親、忠子は、父である後宇多天皇の側室であるにもかかわらず、こともあろうに祖父の亀山天皇と関係を結んでいたという噂だ。

この噂は、後醍醐は父ではなく祖父の子供だ、というなんともおぞましいストーリーを暗示し、親子間の憎悪と確執を根深くしている。

しかし後醍醐は天皇になった。

ここでなぜ「上皇」である後宇多は好きでもない「子」の後醍醐を天皇に立てたかという疑問が残る。

兄、邦治の急死だ。

邦治は後二条天皇として七年もの間、天皇の座についていたのだが、二十二歳の若さで他界したのである。

後宇多上皇にとっては泣きの涙だが、かくなるうえは後二条天皇の子、すなわち寵愛する孫の邦良親王に跡を継いでもらいたい。しかし、例の襷がけ人事の約束があり、まずはあちら側の持明院統系列でなければならなかったのである。

約束は実行された。

バトンは後二条天皇（大覚寺統）から、対立する花園天皇（持明院統）にいったん渡されたのである。

ところが後宇多上皇は執拗だった。むき出しである。

大覚寺統を絶やしてはならない。目の黒いうちになんとか天皇の座を我が手に取り戻し、かわいい孫に継がせたい。

上皇という実力からいって、強引に取り返すことは可能だ。だが孫は、まだ幼子に過ぎない。

このジレンマをどうするか？

野望を燃やした後宇多の頭には、後醍醐が浮かんでいたのである。

ワンポイント・リリーフ。このさい、後醍醐を登場させる他はない。

禁じ手だが、そうせざるを得なかったのだ。

かくて「上皇」は、花園天皇を十年そこそこで押しのけて、腹黒く後醍醐を天皇に押し上げたのである。

どっこい後醍醐天皇は曲者だった。

ワンポイントどころか完投、いや連投だと闘志の火花を散らした。血気盛んの御歳(おんとし)三十、一筋縄にはいかない男だ。

まず「院」を廃止した。

この時とばかりに憎き父親、後宇多を完全に潰しにかかったのだ。

さらに、人事の総入れ替えを決行、上皇の息のかかっていた人間を根絶やしにする作戦に出たのだが、手を付けたのは朝廷だけではない。天台(てんだい)、禅(ぜん)、真言(しんごん)などさまざまな仏教宗派の僧侶を取り込んで自分の周りに配置したのである。

これをまれにみる改革だという歴史家がいるが、かなり違う。

種を明かせば、なんのことはない、対立する持明院統と父親の勢力を、朝廷から一掃しただけだ。

後宇多が没してから三カ月後、後醍醐は肚を括(くく)った。

この男の野望は本物である。勢いあまって、なんとクーデターを計画するのだ。

武家への挑戦。

権力者、鎌倉の北条氏を倒さない限り、自分の勝手にはならないのだと果敢に工作を開始する。

ところがあっさりと発覚。

すると卑怯（ひきょう）にも、幕府転覆の計画は公家の日野資朝（ひのすけとも）がやったことで、自分は与（あずか）り知らぬことだと、ほっかむりをして後醍醐は逃げたのである。

ほとぼりの冷めたころ、再び倒幕へ向け、もそもそと動きはじめる。

陰険にも北条鎌倉幕府調伏（ちょうぶく）（人を呪い殺すこと）のため、真言系密教にのめり込む。

薄暗いお堂。護摩（ごま）の煙がもうもうと渦巻く中、座して揺らめく炎を一心に見つめる。

突然、大声が響き渡る。続いて地の底から湧き上がる低い呻（うめ）き声。玉のような汗を流し、一心不乱、狂ったように幕府滅亡を祈る後醍醐の姿は、まさにこの世のものではなく、身の毛のよだつ光景である。

すさまじい祈禱（きとう）は延暦寺（えんりゃくじ）、仁和寺（にんなじ）、山科（やましな）寺などを巻き込んで一三二六年から、なんと足かけ四年の長きに及んでいる。

鬼神迫る執念、後醍醐が「異形（いぎょう）の王権」と呼ばれるゆえんなのだが、これまたクーデターは途中で発覚し、頓挫する。

すると今度もまた、部下のせいにする。

日野俊基（としもと）がすべてをたくらんだことだ、といったんは身をかわす。

しかし後醍醐は札付きの反幕主義者だ。それを見抜いた北条は、一度ならず二度までも、もうこれ以上は勘弁ならじと後醍醐捕捉に動く。

それをいち早く察知した天皇は、一切合財を置き去りにして、タッチの差で神域とされている京都、笠置山に逃れるのである。

忘れずに運んだものがある。

儀式に欠かせない「三種の神器」だ。このあたりの場面は、かの楠木正成が、後醍醐に生涯にわたっての忠誠を誓う有名なシーンである。

鎌倉幕府は、大軍を以って笠置山を攻撃。

この騒動の最中鎌倉幕府は武力をむき出しにして持明院統系の天皇を擁立し、即位儀式を敢行する。

これが北朝天皇第一号、光厳天皇だ。

一方、後醍醐は図太い。

北朝など認めない。そんな即位は「三種の神器」のない紛い物儀式で、天の道に反しているから無効だという理屈でしめくくりを許さない。

かくして後醍醐天皇、光厳天皇と二人の天皇が並立する異常事態に陥ったのである。

しかし、それも束の間。寺社勢力に守られながら笠置山の脱出を試みた後醍醐は、あっさりと捕まり、島根県沖に浮かぶ隠岐に流される。

だがなんと言っても、楠木正成である。

通わせ、逡巡することなく、頑として千早城にたてこもり、後醍醐の側室の子供、護良と心を通わせ、吉野での挙兵を助ける。後醍醐は強運の持ち主だった。

おりしも、憎っくき北条鎌倉幕府の屋台骨は、がたがたと音をたてて軋んでいたのだ。反旗を翻したのは、幕府を支えていたはずの大御家人、足利高氏と新田義貞。それに独立系武士団、寺社勢力が加わって鎌倉幕府はすさまじい内乱に陥り、ついに約百五十年の歴史に幕を閉じたのである。

小躍りして喜んだ後醍醐は、隠岐から三年ぶりに京都に帰還。

さっそく光厳天皇を叩き出す。

「建武の新政」と呼ばれる時代の、はじまりである。

四十六歳の後醍醐は、煌びやかな京都に陣取る。

上機嫌で祝杯をあげ、功績のあった足利高氏には、後醍醐天皇の実名、尊治の「尊」を授けて、足利尊氏と名乗らせる。

この足利尊氏、偉い人間から名前をもらうのが趣味なのか、元服（大人になったことを示し、祝う儀式。昔は十一～十七歳の間と、時期は決まっていない）のときにも、幕府の親分、北条高時から「高」をもらって、高氏としている。

ボスに可愛がられ、また自分も敬うからこそ、名前をちょうだいするのだが、しかし尊氏は必ず、名前をくれた当の本人と天下を懸けて、殺し合いの修羅場を演じてしまうから数奇な生涯である。

それはすぐにやってきた。

独裁色を強める後醍醐は、武家に恩賞を与えず、なにを血迷ったのか、自分の最も寵愛する側室に、旧幕府の土地をどかんとくれてやったのである。

後醍醐には多くの女性がいた。

『大日本史』には十九人と具体的に書かれ、『本朝皇胤紹運録』には、子供が三十六人。じっさいの女性は五十人以上だったという説もあるが、なんといっても、お気に入りは阿野廉子だ。

戦になんの功もない廉子が膨大な領地を受け取り、血を流した武士がゼロ回答という義の欠片もない沙汰に、誇り高き武士たちが黙っているはずはない。

しかし公家は、空気を読めない。無神経にも自分たちの天下が来たとばかりに、やれ宴会だ、やれ鷹狩りだと遊びにうつつを抜かし、行政はいたるところで混乱する。

京都を中心に近畿一帯を押さえていた足利尊氏は、そんな後醍醐をたしなめる。

しかしいっこうに効き目がない。尊氏の気持ちは、天皇から離反してゆく。

それに気付き、尊氏を警戒しはじめたのは、後醍醐天皇の息子で征夷大将軍となった護良である。

尊氏がどうした、なんぼのもんじゃとなにかにつけて粋がる。

足利尊氏は根っからの武士。筋金入りである。でしゃばってくる俄侍、護良と関係が怪しくなるのは時間の問題だった。

護良は尊氏抹殺を考える。

それを見抜いた尊氏は、あの札付き女、阿野廉子と組む。

廉子に、護良が天皇の座を狙っているぞと、後醍醐天皇に吹き込ませるのである。

廉子にしてみれば、護良など別腹の子。そんなのはさっさと葬って、自分の子供を皇子に押し上げたいわけで、尊氏との利害は一致する。

廉子から不穏な動きを伝え聞いた後醍醐天皇は、あっさりとその手に乗って、護良をひっ捕らえ、鎌倉に送って幽閉してしまうのである。

と、一般にはそういうことになっている。

しかし異なる見方もある。

護良の足利尊氏討伐計画の黒幕は、実は後醍醐天皇であり、それが足利に発覚したので護良を斬り捨てたという説も有力だ。

これなら後醍醐のいつものパターンだ。

自分で陰謀を企画し、失敗すると今度は部下を犠牲にして、自分だけは生き延びる。

日野資朝、日野俊基……そして護良。

後醍醐の忠実な側近でありながら後醍醐の手によって、敵に差し出されたのか？

望月の頭に、昭和天皇が浮かんだ。

——太平洋戦争での天皇と東条英機（とうじょうひでき）の関係は、どうだったのだろうか。失敗すると東条を……——

そんなことがさっと頭をかすめたが、またすぐ南北朝時代にのめり込んだ。

幕府と天皇の関係が怪しくなっていたころ、前政権の亡霊が現われたのである。滅ぼしたはずの北条の残党が挙兵し、鎌倉まで勢力を伸ばしてきたのだ。

うろたえた後醍醐天皇は、足利尊氏に鎌倉攻めを依頼する。

期待どおり、尊氏はたちまち残党を退治して鎌倉を平定。しかし、今度はそのまま鎌倉に居座って、なんと全国に向けて独自の政治をはじめてしまうのである。

どんでん返しの後の大どんでん返し。

事実上、足利尊氏鎌倉政権の樹立である。

天皇から見れば足利は裏切り者だが、武家から見れば、足利が身体を張って勝ち取った天下であり、京都の公家こそが、心得違いをしている姑息（こそく）な集団だという見方になる。

頭にきた後醍醐は、今度は新田義貞に足利攻めを命じる。

全身全霊で立ち向かう新田。

新田にいったん押されて九州まで落ち延びた尊氏は、あっという間に盛り返して敵をひねり潰し、強靭(きょうじん)な軍事力で京に攻め上る。

足利尊氏強し！

ついに光明(こうみょう)天皇を擁立。

後醍醐は、もうこれまでとばかりに「三種の神器」を渡してしまう。

これが足利尊氏の室町幕府である。

しかし尾っぽを巻いて吉野(よしの)に逃げた後醍醐天皇もしぶとい。「あの神器は贋物だ、本物はまだ手元にある」と、頭を下げるどころか、南朝を宣言する。

　北朝　光明天皇
　南朝　後醍醐天皇

なんたる変幻、恐ろしいほどの目まぐるしさである。

この後醍醐天皇の歌が岩本の家の壁に貼ってあったのだ。岩本は南北朝、もしくは後醍醐に強いこだわりを持っている。

「吉野朝」と明治維新

早朝、望月はローラー付きバッグを引いて、品川駅に向かった。

目当ての新幹線に飛び乗り、ホームから滑り出すのを待って、買ったばかりの弁当のふたを開ける。

香りが食欲をくすぐり、幸福感が包み込む。旅は、この瞬間がたまらない。

有機野菜のサラダと野菜煮付けの弁当。

健康のことを考えてのことだが、食べるそばから、体が軽くなり、頭がすっきり冴えてくる。

窓の外を見ながら、お茶をゆっくりと呑む。

空模様はかんばしくない。灰色の雲が一面に広がり、雨がぱらつきはじめている。

行き先は奈良の県央に位置する吉野だが、心配は天候よりも、目的地に着いてどうするかだ。

これといって当てがあるわけではない。行ったらなにか分かるかもしれないという漠とした勘だけでシートに座っているのだ。

――どうかしているな――

投げ入れた釣り糸に、ほんのわずかな気配が伝わってきているにすぎず、まるで何かに取り憑かれたように、吉野に行かなくては、と思い込んでいるだけなのだ。

そう思ったとたんに、さっきまでの幸福感が、たわいなく色あせてゆく。

居心地が悪くなり、ふと不吉な予感さえよぎってゆく。

嫌な感じがじんわりと足元にまとわりつきはじめる。

自分がこのシートに座ったまま、漆黒の闇にどんどん運ばれているような錯覚にとらわれる。

ボトルのお茶を呑んだ。

食欲と寝付きが取柄だ。一眠りすることにした。

京都に到着したのは昼前だった。

ホームに足を着ける。見計らったように携帯が鳴った。

「もしもし望月先生ですか。分かりましたよ」

岩本光一だった。

「父は随分いろいろなところに泊まっています。電話で、お知らせするのは無理かと思います。ファックスで送りたいのですが……」

「分かりました」

近くのコンビニに駆け込み、ファックス番号を訊いた。

光一から届いたファックス用紙をポケットにねじり込み、人を掻き分けながら近鉄京都線に移動した。

座るべきシートを見つけ、ひとまず腰を落ち着けると、さっそく紙を広げる。

日付順に、地名が並んでいた。岩本、最後の旅程表だ。

振り出しは、偶然にもまさにこれから向かおうとしている吉野である。

複雑な気持ちがした。何かぴたりと、禍（わざわい）を引き当てたようで、まっすぐ薄気味悪さが迫ってきた。

気を取り直して次に目を走らせる。吉野から佐賀、長崎、鹿児島、萩（はぎ）、福井に立ち寄り、最後の到着地は柳井だ。

ファックスには、宿泊日数もきちんと書かれていた。

合計すると、十四日間の旅である。

二週間だ。半端な旅ではない。億劫（おっくう）がらずに念入りに回ったということは、仕上げの調査のつもりだったのだろうか、そして志（こころざし）半ばで命を散らしたのである。

宿泊日数まで判明したのは、財布に残っていたクレジット・カードの記録だ。岩本は、ホテルの支払いをその都度、カードで済ましており、そのことを推測した望月が、家を訪れた時光一との別れ際に、調査を依頼していたのである。

一連の土地でなにを追い、なにを嗅ぎまわっていたのか？

精魂を傾けたものはなんだったのか？

特に最後の柳井は疑問だった。

あれから少し調べてみたのだが、山口県の瀬戸内海側にある、なんのへんてつもない街である。岩本は、そこに三泊し、川に浮いたのだ。

望月は、いささか憂鬱になって窓の外に視線を移した。

風景は薄暗かった。草木は雨に濡れそぼって寒々しく、そして物悲しかった。

――どっしり構えろ！――

胸中に語りかける。

列車は本降りの雨の中をひたすら走り、まもなく橿原神宮前駅に滑り込んだ。目的の吉野駅は、ここから近鉄吉野線に乗り換え、さらに約四十分である。

揺れが心地よく、うとうとまどろんだ。時々薄目を開け、雨にけむる田舎の風景を見て、また瞼を閉じる。

吉野駅に到着した。家を出てからすでに五時間がたっていた。

改札を抜け、どんよりとした空を眺める。いつの間にか雨は霧雨状態になっていて、傘は差すまでもない。

望月は帽子をかぶり直し、駅前から続く土産屋の前を歩きはじめた。

小さなロープウエイでほんの数分上がり、県道に出てまた徒歩で登る。

周囲に眼を転じれば、吉野の地形は自然が造った要塞だということに気がつく。

北の吉野川が敵を遮り、東西の深い渓谷は天然の空堀となり、南の険しい山々は行く手を阻む。

その昔、吉野城と言われたゆえんである。

楠木正成、新田義貞はすでに討たれ、進退窮まった後醍醐天皇は、光明天皇に偽りの「三種の神器」を手荒く渡して、一三三六年の冬、ここ吉野に逃れてきたのだ。

吉水神社は、県道から脇に入ったところにあった。

後醍醐が最初に腰を落ち着けた場所である。

へとへとであったであろう。甲冑に身を固めた地元の若衆、僧兵たちに守られながら吉野の奥まで辿り着き、ようやく吉水神社に草鞋を脱ぎ、安堵の眠りについたのだ。

花にねて

よしや吉野の吉水の
枕のもとに石走る音
有名な後醍醐の歌だ。

なんとも味わい深く、そして望月が記憶の彼方に留めている好きな歌でもあった。

随分と小ぶりの神社だった。

『南朝の皇居』

と大きく書かれた碑。たしかに後醍醐天皇の住まいだから、「皇居」と言われれば皇居だが、一般の民家でもこの程度の建物はいくらでもあって、皇居というイメージとはほど遠い。しかし、それなりの雰囲気はある。

建物の中に入り、黄金色に輝く後醍醐天皇の玉座を眺めた。

どんなに身をやつしても、尊厳を保たなければならないのは天皇の宿命である。

涙を呑んでの吉野落ち。そう思うと、哀れみと虚しさがこみ上げてくる。

ゆっくりと畳を踏みしめ、窓際に寄り、天皇が見たであろう、はるか遠くの山々に目を細める。

時代は、この景色を変えたのだろうか？

そうは思わなかった。

吉野は時代にへつらわず、どこまでも幽玄で、下界の様変わりとは無縁である。そう感じさせる深みある風景だ。

後醍醐はこの場所から外を眺め、そして今、望月も同じ山々を見つめている。

弱陽が射し込む五月の終わり、平日に他の客の姿はない。

望月は畳の上に胡坐(あぐら)をかき、心穏やかに目を閉じた。急に瞑想がしたくなったのだ。

手馴れたもので、古(いにしえ)の香りを五、六度吸い込むうちに瞑想状態に入ってゆく。

形あるものの輪郭がまろやかに崩れ、すうっと消えてゆく。

瞬間、お香の匂いを残し、目の前を後醍醐天皇が通り過ぎていったような錯覚を覚えた。

吉水神社を出てから途中、吉野朝宮(よしのちょうぐう)跡に立ち寄る。

後醍醐が手狭になった吉水神社から、住まいを移した場所だが、今あるのは碑だけである。

望月は再び、川に沿って走る県道に戻る。

道は、けっこうな勾配(こうばい)で下ってゆく。

空気が旨かった。

空は西の方から晴れはじめ、鈍い光が左手眼下の山々を灰色に包んでいる。湿気を含んで重量感があり、それはそれでまた思いがけなく美しい風景だった。

桜の時期はさぞ見ごたえある景色だろうが、なかなかどうして、こうした季節外れでも大人の風情があって、充分に楽しめる。

曲りくねった道をぶらぶらと小一時間ほど歩く。

ようやく辿り着いたのが吉野神宮である。

こちらの方は吉水神社と違って、広い敷地と壮大な社殿を持っていた。

祭神は、吉野の主、後醍醐天皇であり、神社の正面は北、すなわち京都を睨んでいる。まさに「都」をこの手に収めたいという主の思いを汲んで建てている。

だが意外なことに、この神社の創立はずっとあとだ。明治二十二年（一八八九年）にはじまり、社殿の竣工はさらに遅れて、昭和七年（一九三二年）となっている。

デジカメであちこち物色しながら、境内を巡った。

しかしこれと言ったものはなく、吉野に足を運べば、なにがしかの成果が得られるのではないかといった淡い望みは、外れたのかもしれなかった。

半ばあきらめ、それでも最後まで見て回ろうとした。

急に冷たいものが腕にかかった。雨だった。再びぶり返したのだ。

県道に出てタクシーを拾った。

駅に向かう途中、不思議な光景に出会った。

雨は降っているのに、天と地が接するあたりには、美しい夕映えがとどまっていたのである。

京都に戻り、ホテルに荷物をほどいた。

シャワーを浴びたあと、ルームサービスで夕食をとってからベッドに身体を伸ばした。

朝からの移動で疲れていた。

同時に、心のどこかに苛立った居心地の悪さがある。

快調ではない。

おだやかでないのは、どうやら単に収穫がなかったということだけではなさそうだった。

旅の途中から異物感が気持ちの隅をかすめ、それをずっと抱えたまま、部屋まで帰って来たという雰囲気がある。

理由はよく分からない。

異物はなんだろうかと思った。ちょっとしたきっかけで、判明しそうだった。

しかし考える間もなく、曖昧な異物は堰(せき)を切った睡魔に、根なし草のように押し流されてしまっていた。

不意に部屋の隅に岩本が現われた。

望月は唖然としてうろたえながらも、妙ないきさつになったことを心配していたと訴えた。

岩本は無表情で無言だった。細い腕を挙げ、さかんになにかを指し示している。

ここで突然意識が戻った。

もちろん夢である。

半分寝ぼけながらも、幻のような夢を反芻（はんすう）した。岩本が立っていた部屋の隅のあたりに目をやり、指し示した先を目で追った。

テーブルの上にデジカメがあった。

──うん？──

誘われたように手にとった。スイッチを入れる。裏のモニターに吉野の風景が映し出される。

橋、吉水神社、……。

胸の内側を、心臓の鼓動が突き上げはじめた。一枚一枚、順繰りに送ってゆく。動悸が急に高まった。吉野神宮である。望月はさらに数枚送り、そこで指先を止めた。

モニターに映っていたのは、吉野神宮で撮った『説明書き』である。

──これか？　ひょっとして、これが異物感を発信していたのか？──

さっきは、急に雨に降られ、あわててシャッターを切っただけだったので、ろくに読みもしていなかったのである。

〈御由緒〉

〈近代日本の繁栄の基は明治維新にあり、明治維新の根源は後醍醐天皇の建武中興と吉野朝の歴史にありといわれています〉

なにかが妙だ。もう一度、改めてゆっくりと読み返した。

〈近代日本の繁栄の基は明治維新にあり〉

ここまではいい。近代国家を目指すようになったのは明治からで、それは万人が認めることだ。

次の文言は、どうだろう。

〈明治維新の根源は後醍醐天皇の建武中興と吉野朝の歴史にあり……〉

後醍醐天皇が逃れた地——吉野

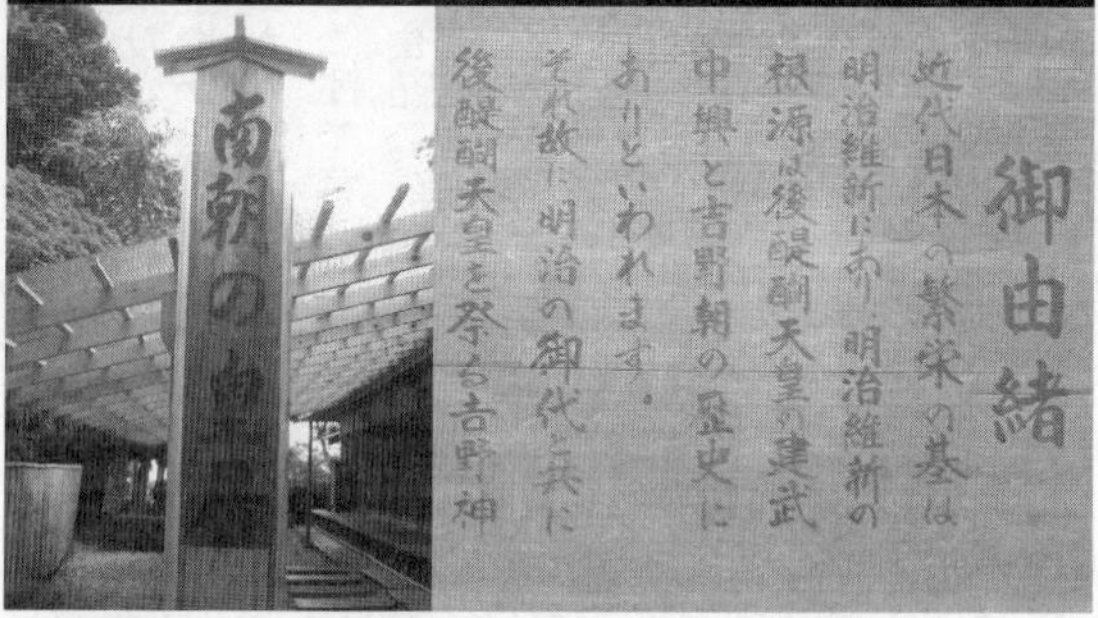

「南朝の皇居」と書かれた吉水神社の碑（左）と、吉野神宮の「御由緒」

心臓が早鐘を打っている。

こいつだ。後醍醐と明治維新が、遠く四百八十年もの時空を超えてつながっているというのだ。考えるまでもなく、ひしと胸に閃いた。

——そうか……——

後醍醐は瞬間であったが、武家から政権を奪還した。

そして明治天皇もまた、徳川幕府から政権を奪取し、日本のトップに座ったという意味で共通点があるというわけだ。

が、どうもしっくりいかなかった。

だいたい〈吉野朝〉という言い方からして大袈裟だと思った。

後醍醐は吉野に逃走して、一つまみの側近と、山の中で南朝を叫んだだけだ。

その後、南朝は後村上、長慶、後亀山と三人の天皇が続いたというが、即位の儀礼も行なわれたかどうか疑わしく、やがて南朝は衰退し北朝に降伏して消滅したのである。

それを〈明治維新の根源は、後醍醐天皇の建武中興と吉野朝の歴史にあり〉というのは、たいそうな言い回しである。

しかし望月は、ベッドに寝転がりながら首を振った。

そこまで考えあぐねる必要はないのではないか、と思いはじめる。

〈御由緒〉の表現は、観光地にありがちな強引なこじつけで、たとえば弁慶が休んだ岩とか、義経が雨宿りした洞窟などとたいして変わらないのではないか。観光客は、ほら話だと知りつつ、旅先で一時の夢物語に浸ればいい。きっと〈御由緒〉もそのたぐいだろう。

そう思った。

しかし次の瞬間、頭の中ではおかしな時代区分に突き当たった。

南北朝時代である。

歴史年表を開ければ、だれでも分かることだが、奇妙なことに「室町時代」と「南北朝時代」は、肩を並べているのだ。

一三三六年に同時にスタートし、「南北朝」だけが五十六年間で幕を閉じている。二つの時代。こんなへんてこな時代区分は、後にも先にもこの時代だけなのだ。

一三三六年	
室町時代（約三百四十年間）	南北朝時代（五十六年間）

奇怪である。

後醍醐は吉野に逃げている。いくらそこで南朝を宣言したからといって、宣言というほど力あるものではなく、後醍醐が勝手に自分が天皇だと口走っているだけであって、それを取り上げ「南北朝時代」だと、教科書に明記するのは仰々(ぎょうぎょう)しいかぎりではないか。

実際、この程度の亡命政権は、日本史上いくらでもある。

しかし、他はすべて無視だ。なぜ「南朝」だけは潰されずに、これほどしっかりと並記されているのか？

深く考える間もなく、ここでまた、おかしな点に感づく。

年号だ。

明治、大正、昭和、平成と、天皇が変わるごとに呼び方が変わるのはだれでも知っている。

古(いにしえ)はどうだったのか。

歴史教科書を見てみると、時代を示す名称は奈良、平安、鎌倉、室町、安土・桃山、江戸という具合に、戦国時代を除いて、天下人がいる都名と直結しているのだ。

だとすれば、東京に政府がある限り、ずっと「東京時代」としなければならないはずだ。

しかし、妙なことに近代、現代は違う。東京時代ではなく「明治」「大正」「昭和」「平成」と、天皇が、時代を仕切っているのだ。

すなわち、天皇を強烈に意識した時代である。

「南北朝」、それから飛んで約四百八十年後の「明治以降」は格別だ。

なにを今さらという気もしないでもないが、こういう理由で〈御由緒〉には、天皇が浮上した時代として〈明治維新の根源は後醍醐天皇の建武中興と吉野朝の歴史にあり〉と記したという推測が成り立つ。

一眠りしたせいか、妙に頭が冴えていた。

――なるほど、天皇の時代か……――

ベッドサイドのデジタル時計は、十時半になろうとしていた。

カーテンが開けっ放しになっている。漆黒の闇に激しく雨が降っている。

静まりかえった部屋で、望月は両手を頭の下で組み、天井をぼんやりと眺めていた。

胸の鼓動はおさまらない。それどころか、なんだかどんどんひどくなる一方だった。

その時、すっと、まったく違う見えなかった世界が胸に降りてきた。

――違う、違う……――

「違う！」

思わず声を出した。

異物感は天皇家だ。

天皇家は南朝と北朝に分裂しているのだ。

百代目の後小松(ごこまつ)天皇以降は、現代にいたるまで、ずっと北朝の血筋を守っているのである。

つまり明治天皇は北朝系だ。

そして後醍醐は南朝。

骨肉あい食(は)む憎っくき敵どうしなのだ。にもかかわらず北朝の明治天皇は呪うどころか、南朝の後醍醐を誉(ほ)めそやし、あまつさえ吉野神宮まで建ててやったのである。

合点がいかない。

仇(かたき)にこんなことをして、明治天皇は先祖にどう言い訳するつもりなのか。

デジカメを引き寄せ、文をもう一度映し出した。

後半部分だ。やはり目を疑う文言は続いている。

〈それ故(ゆえ)に明治の御代(みよ)と共に後醍醐天皇を祭る吉野神宮をはじめ、鎌倉宮、湊川(みなとがわ)神社な

ど建武の中興関係の皇族忠臣を祭る官幣社が十五社御創建になりました〉

「建武中興」に、明治天皇は最大級の評価を与えているのである。

いくら考えてもおかしい。

「建武中興」というのは、南朝が武器を以って明治天皇の先祖である北朝、光厳天皇を殺そうと攻めて勝ち取った時代ではないか。

なぜ称えるのだ？

北朝を根絶やしにしようとした南朝の公家はもちろんのこと武将までをも、よくぞやったと喝采し、手厚く十五もの神社を建てたというのだから奇怪この上ない。

そのために十五ものいわば南朝神社を建立している。

尋常ではない。

現実に明治天皇、自らの意思として、一連の大事業は行なわれているのである。

後醍醐を祀る吉野神宮を筆頭に、楠木正成の神戸の湊川神社、武将、新田義貞を祀った福井の藤島神社……。

――なぜ、そうなるのだ？――

アメリカが東条英機や山本五十六のために教会を建てるくらい妙なことだ。

疑問が望月を圧倒した。

天井が落ちかかってきたような驚きは、まだ続いている。大袈裟でもなんでもなく、予期せぬことに心がわさわさと波立っていた。

北朝天皇が南朝天皇を、最大限に称える。

いったい、この捻れ現象はどうなっているのだ？

望月は見えない世界に注意を払おうとした。

吉野に足を踏み入れ、後醍醐の歌にこだわった岩本の暗示は、後醍醐天皇とフルベッキ写真を確実に関係付けている。

そして、岩本は潰された。

ここに重大なことが隠されているのではあるまいか。

あの写真にだ。

望月は二つの間を結ぶ糸が薄っすらと見えてきたような気がして、ベッドから這い出し、群像写真を鞄から取り出した。

5 ― 教え子

フルベッキと佐賀人脈

死への道行き。

岩本が二番目に選択した街が九州でもひときわ地味な街、佐賀である。

望月は、吉野から岩本の後を追う形になった。群像写真には多くの佐賀藩士が納まっており、押さえるべき重要な土地だ。

三十六万石。佐賀藩（肥前藩）は、長州藩とほぼ同規模の大藩だ。たしかな存在感がある。

佐賀からおよそ六十キロの南には、海を抱くように国際都市、長崎がある。

長崎は幕府の直轄地だ。そして、その警備を任されていたのは佐賀藩であり、いやでも外国の風が流れ込む。

さらにもう一つ地理的な特色がある。

長崎街道だ。

長崎街道は、長崎と長州（山口）を結ぶ重要な陸路であり、長州の凄腕スパイ、伊藤博文が長崎海軍伝習所に潜り込み、その情報を国元へ伝えるために、何度もひた走りに往復した街道である。

その長崎街道は佐賀を貫いている。長崎から外国が入り、明治維新の雄、長州藩ともつながって刺激はたっぷり受けている。佐賀が開明的にならない方がおかしい。

したがって「薩長土肥」と、前評判はよかった。

しかしいざ、ご一新となると、佐賀藩の動きが急に地味になる。

初戦「鳥羽・伏見の戦い」などでは、いったいどこにいったのか影も形もない。

突っ込んだのは薩長軍のわずか千五百だが、予想に反し、あっという間に一万五千という幕府軍を蹴散らす。

後押ししたのは目に見える神、英国海軍だ。そのご威光だけで敵は浮き足立つ。

足並みのそろわない幕府軍には「英国」「薩長」「天皇」の三者が、巨大な一塊の敵となって、のしかかっていたのである。

薩長は、素早く天下に躍り出る。

ワンテンポ遅れて旗色を鮮明にし、毅然として隊列に加わったのは土佐藩、越前藩、尾張藩だ。ここにいたってもまだ佐賀藩の姿は見えない。とにかく遅いのだ。

ようやく身をさらしたのは、鳥羽・伏見の戦いから四カ月後、江戸は上野だ。

上野の寛永寺には、額に鉢巻の彰義隊が立てこもっていた。

彰義隊というのは、江戸の治安を守る警察守備隊といったところだが、実は不満を抱えた烏合の衆に近い。

なんら戦わず、江戸城を明け渡した腰抜け幕府に愛想をつかし、ならばと自らが、武器を掻き集めて気勢を上げていたのである。

鎮圧に動いたのは大村益次郎だ。長州の官軍大将である。

その時、やっとのことで佐賀藩が動く。当時、最強とうたわれたアームストロング砲を持参したのだが、だからといって佐賀藩単独というわけではない。

薩摩、長州、尾張、肥後、筑後、備前、津、佐土原、大村、因幡など、その他大勢に紛れ込んでいるから印象は薄い。

そんなわけで「佐賀の野郎、いいかげんにしろ」と官軍からは、そうとう蔑まれていた。

かくも出遅れたのは、鍋島閑叟の性格だ。

佐賀藩主は鍋島直大に代替わりしていたのだが、まだ父親、閑叟の鼻息が荒く事実上の藩主といっていい。

閑叟は、反射炉の建設、外国艦船の輸入など、いち早く西洋文明を取り入れてはいたものの、肝心なところで、ぴりっとしない。

優柔不断なのだ。朝廷や幕府に呼び出されると、どちらについても損だとばかりに、四の五の言って引き籠もる、仮病を使っては寝込んでしまう、といったあんばいで、根っからの日和見主義者である。

そのことが祟って、明治新政府では身の置き場がなかった。中央を牛耳った朝廷の岩倉一派と薩長が、佐賀を足軽扱いにしたのである。

ところが歴史は分からないもので、明治二、三年あたりから佐賀勢が頭角を現わす。明治四年の末には例の岩倉使節団がごっそりと日本を離れ、執政の中心人物がいなくなると、それに乗じて中央政府に殺到するのである。

やがて総理大臣の椅子に座る大隈重信、法務大臣に身を置く江藤新平、外務大臣の副島種臣、東京都知事の大木喬任など、ご一新での出遅れを考慮すれば、他藩を尻目に、たいそうなポジションを次々に射止めるのである。

彼らの共通点はなにか？

宣教師フルベッキである。全員が彼の生徒なのだ。

実のところフルベッキが力を発揮し、彼らをうまく取りはからい、中央に押し込んだのである。

それだけ新政府は、フルベッキに頼り切っていたと言っても過言ではない。

新政府は呆然として佇(たたず)んでいた。

幕府を呑(の)み込んだ瞬間から、ふぬけのように脱力したのである。

荒寥(こうりょう)とした日本を前に、いったいなにから手をつけたらいいのか？

なにを目指せばいいのか？

処置なしだった。

近代国家像を、だれ一人として、まともに描ける者はいなかったのだ。

外交、税制、金融、法律、土木、交通、教育、農業、医学……やることは厖大(ぼうだい)で、途方にくれるばかりである。

だれかに学ばなければならない。どこかに従わなければならない。

それを世界最強国、イギリスに求めれば、丸ごと奪われる危険がある。かといって新興国アメリカには皇室がなく、共和制など朝廷からみれば論外である。

鳩首(きゅうしゅ)会談の結果、世界の先進国からいいところを少しずついただくという無難な線に落ち着く。

フルベッキは適任だった。

オランダに生まれ育ち、アメリカで学んだフルベッキは国籍を有しない。

無国籍なのだ。よく言えば国際人、悪く言えば根無し草。母国がないから、特定国のために日本を生贄(いけにえ)にするという危惧は薄く、明治新政府にとってはもっとも安全な外国人だと言っていい。

広く浅いフルベッキの知識は、国家建設という入り口では実に有益だった。

かくてフルベッキは政治、経済、外交はもちろんのこと、土木、教育にも無難に実力を発揮し、絶大なる功績を残したのである。

フルベッキは心から日本を愛し、自分を日本にシフトした。

ギアを入れ替え過ぎて、宣教師として日本に渡ってきたにも拘わらず、仲間とは袂を分かち、明治政府のキリスト教弾圧には片目どころか両目をつぶってしまった感がある。

キリスト教排斥の理論武装を、政府に授けた張本人は、だれあろうフルベッキだ。

その事件は、維新早々に起こった。

一八六八年、それまでの長崎奉行に代わって、新政府は長崎の責任者として公家の沢宣嘉を送り込んだ。肩書きは、九州鎮撫総督兼外国事務総督。いってみれば九州の司法、行政、外交のトップである。

その公家が、長崎の教会『大浦天主堂』に集まる二十六名のキリシタンを突然逮捕したのである。あまつさえ極刑に処すという。

『信仰の自由』をまっこうから蹂躙する政策である。

これを聞いた外国政府高官と外国人宣教師は、怒り狂った。

「近代国家に生まれ変わる矢先に、なんたることだ」

と猛然と噛み付く。

当時、大隈重信は沢の部下、副参謀という大層な身分にいたのだが、急用ができたといって、そそくさと長崎を逃れる。

大隈というのは、もちろん後の総理大臣だ。早稲田大学を作った男だが、フルベッキの生徒でもあった。したがって聖書もかなり読み込んでおり、キリスト教には理解があった。にも拘わらず、いっさいをぽいと放り出したのだ。

大隈はその足で、かの有名な宗教論争の場に顔を出すのである。

ようするに現場から逃亡したというより、本丸に乗り込んだのだ。

「信仰の自由」を掲げた外国公使団の強烈な抗議に、五月十七日、政府は大阪、本願寺において、長崎キリシタン問題に関する説明会を開く。

政府は天皇制を守る必要から、キリスト教を邪教とし、あくまでも極刑に処す構えを崩さない。

大隈がいきなり立ち上がる。

うつむき加減に、だがとうとうとしゃべった。

その内容は驚くべきものだった。

周囲の期待とは裏腹に、両者間に割って入って融和をはかるどころか、なんと牢獄につながれているキリシタンに対する一片の同情、憐憫もなく、明治政府の立場を完全に代弁したのである。

大隈の手の平返しは、悲しくも人道的に正視にたえない。

しかし知識は深かった。

キリスト教の歴史を語り、ヨーロッパにおいてもかつて宗教弾圧があり、宗教戦争があったではないかと述べた後、目下、日本の政治情勢は不安定であり、神道および仏教との軋轢(あつれき)が重大事態を引き起こしかねなく、したがってキリスト教には厳罰をもって望むほかはないと強引に突っぱねたのだ。

もはや大隈の内(うち)にある聖書は、灰燼(かいじん)に帰している。

英国公使パークス以下外国勢は、怒気を抑えながら退室した。

舌を巻く大隈のキリスト教、国際法、ヨーロッパ史の知識はいったいだれの入れ知恵なのか？

この日のためのリハーサルは、だれがつけたものなのか？

公使団の頭の中には、あたりまえのようにフルベッキの顔が浮かんでいたのである。

フルベッキは日本人に囲まれていた。

日本国政府の完全な利益代表者となって、徹底的に天皇制をかばった。肩入れは異常だ。

彼がフェリスに宛てた手紙にはこう記されている。

〈わたしたちの近隣に住んでいる所謂「キリシタン」とその迫害についてお尋ねですが……（略）……彼等はカトリック信徒の一種ですが、極めて無知で迷信的な連中です……〉（一八六八年一月十七日付）

迫害をなかば容認している。

さらに〈彼等は皆釈放されました〉と嘘までついて日本政府を擁護しているのだ。

だからこそ新政府はフルベッキに全幅の信頼を寄せ、頼り切ったのだが、外国人や他の宣教師から見れば、フルベッキは完璧な裏切り者だ。

異端視され、憎まれ、自分の上司であるアメリカ在住の宣教師フェリスからも、聞き捨てならない風聞に、いったいどういうことなのかという詰問を何回も受けている。

フルベッキは苦りきった沈黙を守りつつ、ひたすら日本政府に尽くした。

なぜそうしたのか？

望月は列車の中で、フルベッキがフェリスに書き送った、例の謎の言葉を思い出していた。

〈我々の心にある目的とくらべれば、これらすべては取るに足らないことです〉

宣教師が、キリシタン弾圧に手を貸してでも推し進めなければならない、〈我々の心にある目的〉とはなにか？

実に怪しく、そこに陰謀めいた匂いが漂う台詞を残している。


望月は、一瞬横道にそれた空想を修正して、フルベッキの立場を思った。

フルベッキが欲してやまなかったアメリカ国籍は結局、獲得できなかった。

アメリカを恨んでいたのではないか？

宣教師でありながら、宗教弾圧に手を貸す不純な輩（やから）という悪評もその一つの理由なのではないか？

日本にのめり込み、日本のため、江藤新平、副島種臣、大隈重信、大木喬任……、フルベッキ・佐賀藩チルドレンのために、尽力した。

ところがである。とんでもない禍（わざわい）が佐賀にふりかかる。

明治七年（一八七四年）の「佐賀の乱」だ。

いったんは政府の要職を総なめにするほどの勢いだった佐賀人脈が急転直下、未曾有の惨劇に見舞われ、すべてをご破算にしてしまうのである。

この浮き沈みの裏には、なにがあったのか？

怒れる士族

午前のあいまいな陽射しが、人口二十万人の佐賀の街に降りそそいでいた。

ありがたいことに風一つなく、ことのほか穏やかだった。

駅に降り立った望月は、迷うことなくウォーキングを選んだ。

青空が澄み渡り、空気がさっぱりとして心地よかった。ここを舞台に、同じ日本人同士が壮絶な殺し合いを演じたのは、百三十年ほど前である。

街はあまりにも静かで、大惨事を偲ぶよすがは微塵もない。

佐賀駅からまっすぐ南下、どんつきの佐賀城跡に向かった。

岩本はこの地になにを探しに来たのか？　そんなことをぼんやり考えながら二十分も歩いたろうか、お堀が見えてきた。

そのまま橋を渡って中に入る。右手には目立つ大きな佐賀県庁が建っており、県立図書館は左手にある。

ここで望月はがっかりする。

せっかくの歴史の街、わざわざ懐かしい城郭の中にあるというのに、そのふさわしくない味も素っ気もない建物が、問答無用に雰囲気をぶち壊しているのだ。ヨーロッパ人と較べて、なんと演出下手なのだろうかと、ある種の失望を感じながら、図書館に入る。

人が多い。

図書館が賑わっているというのも変な表現だが、とにかく混んでいる。地元の図書館には、地元にしかない固有の史料があり、それ目当てなのだろうが、それにしてもこれほどの活況はめったにない。

さっそく望月は、受付カウンターで挨拶代わりに帽子をかぶり直し、探したい本を告げてみた。

「お探しの本でしたら、種類は多いと思うのですが、ご自分でご覧になってみますか？」

女性が、感じよく微笑む。望月を幾つもの書架が等間隔で並び立っている部屋に案内する。

「こちらと……」次の書架の裏側に回って「こちらです」と言った。

図書館特有の匂いを嗅ぎながら、かたっぱしから本を選んだ。

気がつくと、古びた二十冊あまりの本がテーブルに積み上がっていた。

窓から午前の光が射し込み、古本の染みまでがよく見えた。

「佐賀の乱」は明治七年二月に起こっている。

おおまかに言えば佐賀藩士、江藤新平と島義勇をリーダーとした明治政府に対する士族の反乱だ。

士族というのは、幕末までは侍であり、藩から給料をもらっていた、いわば公務員である。その公務員が新政府の改革断行で、リストラや賃金カットの目にあったのだ。

世の中は変わったのだ。

武士の売りは武芸の腕だが、新しい世は知識の時代。侍のたしなみやら二本差しは、もはや厄介なだけで、納税者の敵である。

誇り高き武士から、穀潰しの役立たず。目を覆うような凋落である。

引き際は潔くなかった。

「なにが天皇だ。なにが明治だ」

食い詰め浪人が、全国各地で憂さ晴らしを兼ね、いざこざを引き起こしていた。

佐賀はもっと、めりはりがあった。

彼らは「憂国党」「征韓党」に所属し、武器を取って反乱を企てたのである。

維新革命での消極性と較べて、これはまた随分派手なことをしたものだと思うが、地元では、「佐賀の乱」と言わない。

「反乱」ではないのだ。あくまでも、やむにやまれぬ大義ある戦。いや、売られた喧嘩に対する正当防衛だったと主張する人もいて、「乱」ではなく「役」なのである。

「乱」なら犯罪だ。そういう呼び方に地元はとうてい付いていけず、それで「佐賀の役」または「佐賀戦争」で押し通している。

その実直な思いは、望月も頷ける。

西郷隆盛が起こした、政府に対する反乱を見るがいい。「佐賀の乱」のわずか三年後だが、あちらは「西南の乱」と言わず、あくまでも「西南の役」もしくは「西南戦争」だ。敬意が含まれている。

なぜ政府は「乱」と蔑んだのか?

望月は以前から釈然としないものを感じており、機会があったら、一度調べてみたい、と思っていた。

机に陣取り、ペットボトルの水を呑みながら、かたっぱしから読み漁った。

謎の処刑

佐賀戦争のリーダー、江藤新平はフルベッキ・チルドレンだ。

秀才である。抜きん出ている。

江藤は、やかましい東京にいた。

脂の乗り切った四十一歳。江藤は佐賀の出世頭で、参議という政府の最高職を西郷隆盛、後藤象二郎、板垣退助、副島種臣と一緒に辞めたのは、つい二カ月前のことである。

そこに国元の佐賀が不穏だ、という連絡が入る。

「征韓党」と「憂国党」が新政府に対して不満をつのらせ、動きが風雲急を告げているから説得して鎮めてくれ、というのである。すなわち宥め役だ。

江藤は年の明けた一月十三日、東京を旅立つ。

死んだのは、それからきっかり三カ月後の四月十三日。

よもや自分の首が切って落とされ、川原の晒し首になろうことなど、江藤は夢にも思わなかったに違いない。

江藤は一月二十二日、九州、伊万里に上陸。

そこからの行動が奇妙なのだ。

おかしなことに、佐賀から約四十キロも離れた嬉野温泉にまっすぐ向かっている。

佐賀が不穏な空気に包まれ、その騒ぎを鎮めるために帰郷したにしては、あまりにものんびりではないか。温泉に十日間近くも浸かっているなど、のぼせる以外ないはずだが、とにかく摩訶不思議な話だ。

もっとも途中、二日ばかり佐賀に顔を出し、なにごともないと分かって再び温泉に戻ったという話も伝わっているが、それにしても動きが妙である。

不可解なことはさらに続く。

温泉を出たと思ったら、これまた佐賀には行かずに、まったく別の方角にどんどんと遠ざかり、今度は百キロも離れた長崎郊外、妻の親戚がいる深堀に姿を現わす。

二月二日のことだ。

そこでなにをしていたのかというと、再び舟遊びやら散策で、二月十日までの八日間をゆったりと深堀で過ごしているのだ。江藤の心理が読めない。

――いったい、なにを考えているのだ？――

望月は本から目線を上げ、腕を組んだ。

これではまるで、バケーションだ。

佐賀では武器を携えて、今にも決起しようとしている不満武士団がうじゃうじゃとうろついていたのではなかったのか？

江藤は、それを諫める役として帰郷したのではなかったのか？

大役を担って東京から呼び出された男が、途中二十日間近くを温泉入浴やら舟遊びに呆けるなど、ありえるだろうか？

望月は、また視線を本に戻した。

深堀を動いたのは二月十一日だ。江藤は長崎に出ている。

そこで偶然にも島義勇と逢い、政府軍が佐賀に進軍していると聞いて驚愕する。

島義勇は、すでに五十歳を超えている。禿(は)げ上がった初老の男だ。

明治天皇の侍従などをこなし、北海道の開拓を行なって札幌の父と呼ばれ、政府筋や国元では名の通った男である。

島も後に、江藤と一緒に晒し首になるのだが、偶然長崎で出逢ったというのも出来すぎた話だ。

そこで二人は国元を捨てておけず、無礼な政府軍とは断固戦おうじゃないかと、一致をみたということになっている。

江藤が佐賀に入ったのは、翌日の十三日。

噂どおり政府軍がやってきて、佐賀城である県庁を占拠したのは、その二日後のことだ。

江藤は「征韓党」の、島は「憂国党」の、それぞれのリーダーにおさまって、佐賀城に立て籠もった政府軍をいったんは払いのけるが、戦況はたちまち一変する。

二十二日には防衛線を突破され、もはやこれまでと判断した江藤は山中一郎(やまなかいちろう)、中島鼎蔵(なかじまていぞう)、香月経五郎(かつきけいごろう)など十五名とともに戦線を離脱。

政府に不満を持って、共に参議を辞職した西郷隆盛ならきっと助けてくれるだろうと、彼を頼るべく鹿児島を目指す。

三月一日、江藤は西郷に面会。

しかし目算が外れる。目の前の西郷は、江藤の知っている大男ではなかった。情に厚い西郷が江藤を匿わず、大久保利通に助命嘆願すらしなかったというのは、よほど重大な方針上の食い違いがあったのか、あるいは西郷が腑抜けになっていたのかどちらかだと思うが、とにかく、まったく手を貸さなかった。

望みを絶たれた江藤は、活路を海を渡った土佐に見出す。

おそらく、これまた参議を辞めた板垣退助に接触しようとしたのだろうが、江藤の動きは筒抜けだった。

そのころ佐賀戦争は終息していたのである。

双方三百五十名以上の死者を出し、佐賀は敗北。

しばらくして江藤新平たちも土佐で捕まる。

突き合わせてみると、これがどの本でもおおむね一致しているストーリーだ。

そのネタ元は、裁判での江藤たちの供述書などが叩き台になっている。

しかし図書館にじっくりと腰を落ち着け、当時の資料を重ね読んでいるうち、望月の目には、まったく別の佐賀戦争が見えてきた。

まず全体がみごとに妙だった。

そして裁判そのものが、輪郭のない茶番なのは明白だった。

裁判が開かれたのは江藤新平たちを佐賀に護送した、なんとその翌日だ。

即決即断、反論の機会をまったく奪ったまま次の日に終了。

中身は双方で二万人以上が参加した戦争である。よく、そそくさと二日間でたたんだものだと思うが、でたらめ以外のなにものでもない。

どんな裁判にも、前段階の取調べがあるはずだ。一日、二日ではできるはずがない。

断言するが、取調べはなかった。

したがって供述書などは、だれかの作文である。

そんな素材をいくら精査したところで、事実はおろか、粗筋すら再現できないというのが望月の見立てである。

極めつけは判決だ。

裁判終了の四日後の十三日に発表があり、その日のうちに全員が即刻、処刑の浮き目にあう。

問答無用、江藤新平と島義勇の二名を梟首(きょうしゅ)、すなわち国家の重臣二名の首を斬り落として、嘉瀬川堤(かせがわつつみ)に晒したのである。

暗黒裁判というより、狂気の沙汰だ。

これを仕切った男は大久保利通である。

大久保はほぼ一人で軍を動かし、佐賀に差し向けている。神のごとき振る舞いだ。自信に満ちた行為の裏には、背後に岩倉具視が見え隠れしているのだが、肩をいからせ、敢然と表舞台に立ったのは大久保だ。

なにかに取り憑かれたように、江藤と島に躍りかかっている。

この異常さは、なにを物語っているのか？

よほど事を急ぐ必要があったとしか考えられない。裏を返せば、駆り立てられるような怯えがあったということだ。

それは食い詰め浪人の反乱といった、当時はどこにでも起こっているような生易しいものではない。

とてつもない、なにかだったのだ。

江藤はその大きな秘密を握っていて、大久保を脅した。

それは強烈なものだった。そう考えると、大久保の怯えは納得できる。

この場合、大久保個人に対するものだけではない。天下がひっくり返るほどの政府の中枢に対する脅威だ。

そうでなければ、いかに大久保といえども、あれだけ素早く軍隊など動かせるわけはなく、遅ればせながら東伏見宮嘉彰親王が征討総督になっていることからも、それは朝廷にも響く重大なものではなかったか？

――佐賀戦争の裏には、なにかが隠されている――

望月は喉の渇きを覚えた。傍らのペットボトルの水を呑み、口をぬぐった。

江藤、島の処刑は終わった。方法は梟首、すなわち晒し首。

処刑は口封じだが、晒し首は周囲に対する警告だ。

見せしめに重きを置いている。江藤、島の真似をするな。やったら絶対に許さない、という断固たる意思表示である。

晒し首の効果は絶大だ。目にした者の心に一生住みつく。

ということは、江藤と秘密を共有し、やろうと思えば大久保たちを窮地に追い詰めることのできる、第二、第三の江藤になりうる人間が、他にもいるということだ。

それは想像を絶する秘密であって、単なる政策上の対立軸ではありえないというのが、望月の直感である。

一般の見方は違う。

佐賀戦争の動機として巷で言われているのは「征韓派」と「非征韓派」の衝突だ。

征韓論というのは韓国に出兵し、あわよくば日本の植民地にしてしまえという当時の列強国思想をそっくりまねたような考えで、西郷隆盛が主導し、江藤新平も同調していたと言われている。

それに対する非征韓派は岩倉、大久保、木戸孝允(桂小五郎)だというのだが、どうもしっくりいかない。

資料を読み、詳しく調べてゆくと、やはり望月の推察に確信が深まった。

もちろん「征韓派」と「非征韓派」の対立はあった。

不満を持ち、出番のなくなった浪人たちが、彼らの暴れる場面を求めて、韓国に攻め入りたいという考えは単純で広がりやすい。西郷が、彼らのガス抜きのためにも征韓論を口にしていたし、佐賀士族にも、そう考えるものはいた。

だがよくよく調べてみると、征韓論は外務卿の副島種臣あたりが、前のめりになっているだけだ。西郷はむしろ、今はその時ではないと副島をさとしているし、江藤新平にいたっては、征韓派に「好意的」であるものの、なり切っておらず、率先して展開するなどということは一切ない。

注目すべきは副島種臣、西郷隆盛、板垣退助、江藤新平、後藤象二郎という、どちらかというと征韓色の強い人間が、非征韓派に不満を示して、すでに参議を辞めていることである。

これは思想的に不満があったというよりも、岩倉、大久保の独断専行に抗議したといった色合いが強い。

不満を表わして野に下った。

結束を固めて再度、主流派に立ち向かうのかと思ったら、そんな動きはまったくない。単に疲れたと、だらしなく散っただけである。

すなわち征韓派など、どれほどの力もなく、脅威でもなんでもなかったのだ。

したがって、征韓論があの大久保が「一刻も早く、江藤と島の首を獲る」原因とはなりえない。

江藤新平は理論家だ。

法律を語らせたら、右に出るものはない。司法卿（今の法務大臣）という司法界の最高責任者となって、裁判制度の改革に着手。その内容たるや、見事というほかはなく、拷問は当たり前の時代にあって、江藤はそれまでの武家社会に真っ向から挑み、人権保護を鮮明に打ち出している。

明治四年（一八七一年）には、新聞記者を裁判所に招いて傍聴させ、あるいは国家財政の公開を力説したりと、今、彼の事績を読んでも、唸るほどの革新である。

江藤の実力は「参議」という最重要職に就いたことからも窺え、岩倉具視、大久保利通、西郷隆盛、木戸孝允など、そうそうたる人物たちと肩を並べてもなんら遜色はなく、いやひょっとすると凌駕する見識の持ち主だった。

それだけの男が、中央政府から大量の軍隊をぶっつけられるほどの反乱軍をまとめ上げ、武力に訴えるほど浅はかだったのか？　ありえない話だ。

望月は大久保の日記を読んだ。一瞬、身の毛がよだつのを禁じえなかった。

維新戦争でも決して戦地に赴かなかったあの冷静な大久保が、佐賀には自ら出向き陣頭指揮をとったばかりではなく、なんと裁判所にまで顔を出し、判決の行方を監視しているのだ。

そしてその日、日記にこう記している。

〈江藤の陳述曖昧、実に笑止千万、人物推して知られたり〉

江藤とは、同僚といえるほどの間柄である。そのかつての仲間を嘲笑って、底の浅いやつだと罵っているのだ。

判決日の四月十三日には、こうだ。

〈今朝五時出張、裁判所へ出席〉

朝の五時に宿泊先を出たというのだから、えらい張り切りようだ。

〈今朝江藤以下十二人断刑に付き、罪状申文を聞く。江藤醜態笑止なり〉

佐賀戦争の真実とは

江藤新平とともに処刑された、島義勇。フルベッキ写真左端の男と妙に似ている。

何の因果か、晒し首の判決が法廷に響き渡る。

うろたえる江藤。

それを間近で目にし、醜態だとせせら笑う大久保には魔物が宿っている。その夜、大久保は美酒に酔ったという。

大久保が、残忍だったのではない。おそらく極度の緊張がいっぺんに緩(ゆる)み、つい訳のわからない歪(ゆが)んだ笑みが転がり出たのではないか。一ミリも余裕がなかったのだ。

それほど江藤と恐怖が、直結していたと考えるべきだ。

フルベッキ写真が望月の額の裏に貼り付いていた。

腹が鳴った。ふと我に返って壁の時計を見ると、もう二時近くになっていた。

どうりでと納得しながら、ひとまずここを脱出し、どこかで遅い昼食をとってから再び戻るつもりで席を立った。

目をこすり、首を回しながら受付の前を通り、階段の踊り場に降りたときだった。

内ポケットの携帯電話がうち震えた。取り出して見下ろすと、非通知になっている。

耳に当てた。

「望月先生ですか？」

囁（ささや）くような声だった。

「はい」

「岩本氏、とうとう殺されましたね」

一瞬にして心臓が高鳴り、つい声が大きくなった。

「どなたです？」

玄関はすぐ目の前だった。望月は、足早に階段を降りて外に出た。

「先生、まだあの写真を追っているんですか？」

押し殺すような声だが、四、五十歳くらいだという察しはつく。

「いや……それよりあなたは？」

「以前、A週刊誌の編集部気付で手紙を出した者です。分かりますか？　忠告しましたよね」

思い出した。あいつだ。〈写真は呪われている〉という匿名の手紙の主。

望月は、とっさに応じた。

「この電話番号、よく分かりましたね」

「岩本さんですよ」

「えっ」

「ですから、岩本光弘さん」

「直接ご本人から？」

「もちろん。けっこう密に、連絡を取り合っていましたから。以前は一緒に調べていたんです。しかし私の方は離脱しましたけどね。岩本さんだけは、突っ走って、それで、あんなことに」

「突っ走ったから、事故にあったと？」

「事故？　そんなわけないじゃないですか。他殺ですよ」

「……………」

「だから先生も変な気起こさないで、遠ざかっていた方が身のためなんですよ。相手を刺激しないでください。こっちに迷惑がかかります」

「ちょっと……」

「黙って聞いてください」

強い口調で、望月を制止した。

「岩本さんで終わりにしてもらいたいんですよ、僕は。これ以上突き回すと、敵はまたこっちの監視を強めますから」

「どういうことです？　いったい、なにがあるんです？　僕は今、佐賀まで来ているんですよ」

うっかり口を滑らせた。

「佐賀？　佐賀ってあんた、まだそんな危ない橋を渡っているのか」

口調が荒くなった。

「歴史の謎解きは、作家の宿命です」

「宿命なんて、命があっての話でしょうが」

「協力していただけませんか、いったいなにが起こってるんです」

「無理です」

「決して迷惑はかけません。岩本さんはだれに殺害されたんです？」

相手は言葉に詰まった。迷っている。話したいようでもある。

たった今、遠ざかっていろと言いながら、ここで催促されたからといってすんなりしゃべるのは辻褄が合わず、どうしようかと混乱しているようだった。

「電話だけならどうです？　お互いに顔を合わせず、電話だけでやり取りする。それなら迷惑はかからないはずです」

押してみた。返答がない。しばらく沈黙が続いた。

「電話だけでいいのです」

「長電話はだめです。盗聴の危険がありますから」

「盗聴って……そんな……」

「今は、佐賀ですね」

息を声にしたように、しゃべった。

「そこにいるなら龍造寺八幡宮です」

「龍造寺？」

「そこにすべてがある。それと死人はもうたくさんです。フルベッキ写真を追って、今まで何人も犠牲になってい……」

会話がぱたっと途絶えた。電波のせいなのだろうか、電話は完全に切れていた。

掛け直そうにも非通知だから、お手上げだった。質問はたくさんあったし、相手の名前すら訊けなかった。だが気持ちの切り替えは早かった。

動作は考えるスキさえ与えず、ポケットから地図を出し、龍造寺八幡宮を探していた。近くだった。

往来に出た。

人通りは相変わらずまばらで、心なしか強くなった陽射しが、街並みの輪郭を際立たせている。

帽子の鍔を下ろし、お堀を渡った。緊張と急ぎ足で、心臓が激しく高鳴っている。

三ブロック目に、その神社があった。

古めかしくも重厚な石柱を持つ鳥居。上に行くにしたがってだんだん細くなってゆく個性的な石柱が二本、踏ん張っている。

一度立ち止まって呼吸を整え、それからおもむろに鳥居をくぐる。

古びた建物をじっと眺めた。

各地にある神社とどこが違うのか……。

稲荷、八幡、八坂、明神、金比羅、日吉、諏訪、春日、熊野、白山、天神、住吉など神社には系列がある。その数、全国におよそ八万。

一番多いのは稲荷神社だ。

文字通り、稲の豊作を願ったのがはじまりらしく、それから商売の守護神となって商店街や会社でもてはやされるようになり、その気軽さから日本国中「お稲荷さん」は引っ張りだこだ。

庶民的な稲荷神社に続いて多いのは、重々しい八幡神社である。

呼び方は「やはた」あるいは「はちまん」どちらでもかまわないが、全国にある神社のざっと三割が八幡神社で、約二万五千社といわれている。

八幡神社は、祭神が応神(おうじん)天皇であることから、もともとは皇室の守り神である。

一〇六三年、八幡神社にちょっとした異変が起こる。

源頼義(みなもとのよりよし)が、俺だっていいだろうと源氏の「氏神」として、鎌倉の鶴岡(つるがおか)八幡宮を創建した。

「氏神」というのは「氏」すなわち一族繁栄のための神だ。

もちろん源頼義は皇室の血を引いているものの、れっきとした武家である。

すなわち、この時点で、八幡神社は「武家の守護神」にもなったのだ。

他の武士たちもそれを見習い、自分の領地に建てはじめる。それ以降、「八幡神社」は公家と武家の二股、すっかり公武合体的雰囲気を醸(かも)し出す神社として定着することになる。

望月は、目の前の公武合体神社をしみじみと眺めた。

――龍造寺八幡宮……――

たしかな来歴を漂わせる、古い匂いのする神社だ。

解説によれば鎌倉時代、源頼朝の命を受け、平家追討に功があった佐賀の南次郎季家(みなみじろうすえいえ)が、鶴岡八幡宮の分霊を授(さず)かって、建てたのが始まりらしい。

源氏の息がかかっている。

読んでいるうちに、なんだか圧迫を感じてきた。

歴史の重みというのだろうか、少々息苦しい。

望月は逃れるように場を離れ、周囲に視線を這(は)わせた。

ここにすべてがあると言われたが、視界に飛び込んでくるものは平凡な境内だ。

もう一度、問い詰めるように眺め回したときだった。他人の視線とぶつかった。

小柄な男性だった。年輩者で少し背が丸まっている。風貌からして旅行者ではない。おそらく、裏も表もない素朴な地元の人に違いなかった。

あちこちに目を走らせている望月の挙動を怪(あや)しんだのだろうか、顔に不審の色を浮かべている。

あらぬ疑いを払拭(ふっしょく)すべく、望月は愛想よく声をかけた。

「いい天気ですね」

「はあ」

表情はまだ硬い。

「随分と古そうな、お社です」

満面に笑みを浮かべ、あてずっぽうに傍らにあった建物を指差した。

「知らんとですか。あのですね。これはお堂でして、ナンコウ神社ちゅうもんですわ」

普通、寺がお堂で神社はお社だ。でもここは神社なのにお堂だという。

それよりも、ナンコウというサウンドに興味が湧いた。

「あんたどっから来んさったとですか？」

「東京です」

「佐賀は初めて？」

「ええ」

「それじゃ、無理なかですね」

しわがれ声で独り言のように呟き、ようやく不機嫌を解く。

「楠木正成と長男正行を祀った神社ですわ」

「楠木正成って、あの南朝の？」

吉野に続き、佐賀でもまた南朝だ。望月の胸の奥で、南朝という言葉がぴりぴりと反応した。

「そう。つまり楠木を〈大楠公〉。彼の長男を〈小楠公〉と言いますわね。で、親子を合わせて〈楠公〉ですけん〈楠公神社〉言うんですよ」

と言って、望月の帽子から靴までをざっと一瞥した。

「時間はあるですか？」

「ええ」

「じゃ説明しますかな。わし、歴史ば少しばっかかい嗜んでいますボランティアの案内員で、小林というもんです」

「郷土史家の方ですかあ、それでお詳しいんですね。助かります」

というと、照れくさそうな顔をした。

「さっそくですが、これを見てくれんですか」

目を向けると、お堂の中には木像が納まっている。侍の大人と子供が向き合っている像だ。

「これがあんた、楠木親子、正成と正行です」

「大楠公と小楠公ですね」

「はい、父子。最後の別れの有名か場面ですけん、この像は一六六三年のお江戸の代になってから、街の別の寺に納められとったもんをここに移したもんです。しかしこれが正真正銘、日本初の楠公を祀った木像なんです」

自慢げに、くっと胸を張った。

「なるほど、日本初の……」

「楠公義祭同盟をご存知か？」

覚えがなかった。

「地元じゃ、だれでも知っとる秘密結社ですわ」

「秘密結社？」

「幕末の話ですがね」

ここで案内人は、声の調子を上げるように咳をした。

「尊王思想が全国に流行ると、佐賀も負けてはおりまっせん。頭のいい若い藩士が集まりましてね。幕府を倒して、天皇様に政権を取り戻そうと……だから楠公義祭同盟は、もうお分かりでしょう？　南北朝時代に丸裸になった後醍醐天皇に命をささげた楠木正成親子をシンボルとした秘密結社ちゅうこつです」

結成は、嘉永三年（一八五〇年）の五月二十五日。その日は楠木正成の命日なのだと語った。

「同盟のメンバーは江藤新平、島義勇、副島種臣、大木喬任、四年後に大隈重信と久米邦武が加わっています。分かりますか、この豪華な顔ぶれが」

前屈みの姿勢を伸ばす。

「いやーたいしたものです」

相手を持ち上げたが、望月は内心驚いていた。

江藤、副島、大木、大隈、久米、すべてフルベッキ・チルドレンである。楠公義祭同盟とまったくダブっているのだ。

これはなにを意味するのか？

「たまげたもんですなあ」

と望月は再び言ったが、実際頭は謎解きに占められていた。

相手の自慢を後押しした。

「久米の功績もすばらしい。岩倉使節団に随行して、書記官として大変な資料『米欧回覧実記』を世に残していますね」

「よく、ご存知で。我が佐賀人は」

うれしそうに続けた。

「昔から楠木正成親子が大好きでしてね。だから街中、〈楠木〉だらけ。楠天満宮、楠寺、楠公園、若楠会館……」

と早口で並べたてた。それほど楠木正成を敬っている土地柄だと付け加えた。

——佐賀と南朝……——

何かある。

望月には、自分が謎解きの一歩手前まで来ている自覚があった。

ちょっとしたきっかけで、フルベッキ写真の謎も含めてなにもかもが、ぽんと判明しそうな気がしたのである。

「南」と「楠」

人の良い郷土史家と別れて、お堂の階段に腰を下ろした。空気を一杯に吸って目を瞑った。

吉野から佐賀。岩本は南朝を追っている。どうやら鍵は南朝にあるらしい。

突然鳴った携帯電話が、望月をぎくりとさせた。

「どうです？」

余計な言葉は、なかった。

「ええ、楠公義祭同盟の楠木正成。すなわち南朝の神社ですね」

「江藤新平の号は、江藤南白ですよね。〈南〉は、南朝の〈南〉です」

「ほう……では白は？」

「白は源氏の色です」

断言した。そう言われれば源氏の旗色は「白」で、平家は「紅」である。

江藤は源氏の出で、南朝を慕っていたということなのか。

「なるほど……しかし、それは分かりましたが、群像写真とどう関係するのです？」

「伝わらんですか？」

じれったそうに言った。

「鍵は、横井小楠ですよ」

「小楠？」

望月は、横井小楠の年寄りじみた顔を頭に浮かべた。

「横井小楠は維新の謎にもっとも近い男です。本名は、横井時存（ときあり）。横井は楠木正成を敬（うやま）っていた。どうしても南朝を復活させたい。そんな思いで正成の長男の〈小楠〉を拝借したもんです」

「うーん、ちょっと待ってください。名の由来は分かりますが、横井小楠が南朝信奉者など、これまで耳にしたことがない」

「先生、横井小楠は謎の人です」

「……」

「歴史の勝利者が、彼をボカしたわけですが、それでも調べれば簡単に判明します。まあそれはそれとして、横井小楠の思想はなんだと思います？　激烈ですよ」

と言って、自分で答えた。

「役に立たない君主は、替えてしまえというものです」

「君主を替える？」

「政府転覆、革命思想です。そのためには天皇も例外じゃない、手をつける対象です。血統だけで、天皇の座にふんぞり返るのは許されないとね」

「そいつは……」

「勉強不足ですな。小楠をちょっとでも齧(かじ)ればすぐに知れる彼の哲学で、およそ慶応元年（一八六五年）あたりから、そういう考えに固まっている。ほらそのころフルベッキ写真に、本人が写っているじゃないですか」

「らしき武士がね」

「彼は本物ですよ。先生、写真のポジションをよく見てください。小楠は岩倉具定(ともさだ)と並んで椅子に座っています。五十六歳。年輩者だし、有名人です。まったくもって公家の岩倉の真横の椅子に座る人物にふさわしい」

　ちらりとそんな気もしたが、あえて同調はしなかった。

「横井小楠は」

　電話の主が、勢い込んだ。

「熊本藩（肥後藩）の武士ですよね。それなのに一千キロも離れた福井藩（越前）の親分、松平春嶽に気に入られ、顧問として草鞋(わらじ)を脱いでいる。不思議でしょう？　他藩の、しかも九州の武士が、なんでわざわざ福井なんです？」

「いや実のところ、その疑問は以前からしっくりいかない個所でしてね」

「むろん春嶽が、小楠の思想を買ったからですが、それにしても思い入れは半端じゃない。その思想とはなにかと言えば、〈無能な君主なら取り替えてしまえ〉という、革命思想以外に」

と言って、咳払いをしてから思わぬことを口にした。

「松平春嶽も、南朝の復活に思いを寄せていたからです。だから二人は盃をかわした」

「つまり、南朝革命路線で一致したと？」

言って、自分の顔が強張るのが分かった。

「そう、いい線です」

まるで、間近から舐めるように見られている気がした。

「先生、現代人の先入観で過去の歴史を見てはいけません。武士どうしが戦うためには、自分たちの天皇を探し出してきて、我こそは謀反ならず、正統だと権威付けを行なってから戦うのは常識なんです。幕府が北朝の孝明天皇なら、反幕府勢力はどうします？」

「南朝の天皇を持ってくる……」

「春嶽はアンチ幕府です。だから血統など関係がない、無能ならば天皇だって排除しろ、とアジる小楠が欲しかった」

「……」

「あのスカウトの仕方は異常ですよ。小楠でなければ、ぜったいにだめだった。小楠の思想と人脈が欲しかった。南朝復活で、春嶽は肚を括っていたんです」

――松平春嶽は南朝復活に肚を括っていた――

たしかに春嶽は正面切って、小楠獲得を熊本藩に申し入れている。

難色を示す熊本藩。しかし、春嶽は引き下がらない。それほどまでにという執着心を燃やして、とうとう獲得するのである。

なるほど辻褄が合う。小楠獲得に、それだけ深い意味があるのなら、春嶽の熱狂的な動きも合点がいく。その単純明快さはつい笑いたくなるほどだ。

「分かりました。でもどうして、松平春嶽は南朝なんです？」

「望月先生には、なにも見えていないようですな？」

電話の向こうで溜息が聞こえた。

「新田義貞ですよ、新田」

むろん新田義貞くらいは知っている。後醍醐天皇側についた有名な武将だ。楠木正成と新田義貞は南朝のスターとして双璧(そうへき)をなしている。

「松平春嶽と新田はどういう関係ですか？」

「新田はどこで戦死したと思います？」

「はて……」

「福井です。新田義貞の墓は、松平春嶽の福井藩。すなわち春獄の懐に抱かれた称念寺にあります」

「……………」

「〈建武の中興十五社〉は、ご存知ですよね？」

早口になった。

昨日の今日なので、よく覚えている。

北朝の明治天皇が、仇である南朝を絶賛。奇妙なねじれ現象だが、功績のあった皇族、武将を祀るために巨額の費用をかき集め、ぽんぽんと全国に十五もの神社を建てている。そのいわば「南朝神社」を〈建武の中興十五社〉という。

「十五社の一つは、春嶽の福井市にあるんですよ。藤島神社、祭神は新田義貞、その人です」

心の中で唸った。

福井藩には、南朝のスター新田義貞の墓があり、彼を祀る神社があり、その神社を明治天皇が敬っている。佐賀には南朝のもう一人のスター楠木正成の神社、龍造寺八幡宮がある。

望月には、鮮明なラインがくっきりと見えていた。

松平春嶽―横井小楠―楠公義祭同盟。

彼らを一直線に貫く南朝ライン。ここにきて底なし沼からぐわっと浮上したように見えた。

望月は少なからず衝撃を受けていた。全身で熱い血が唸っていた。

「分かりますか?」

「ええ、では違う質問ですが」

「いや、もう電話が長すぎる」

「フルベッキ写真は?」

「先生、あれを甘くみてはいけません」

「甘く?」

「なぜあの写真が、アメリカのペンタゴンに保管されているか」

「なんですって? まさかペンタゴンって、アメリカ国防総省のことじゃないでしょうね?」

「そうです」

「なぜ……」

あまりのことで、なぜとしか声が出なかった。

「アメリカ当局にとって、切り札になるからです」

次の瞬間、一方的に電話を切られた。

望月はしばし呆然と電話を眺めていた。

フルベッキ写真とペンタゴン。えらいことになってきている。

とてつもないスケールから雀の涙ほどの現実に戻った。

昼食だ。

図書館に戻る途中、まだ開いている蕎麦屋を見つけ、旨いざる蕎麦で空腹を満たした。

頭の混乱を鎮めるように蕎麦湯を味わう。そして、一刻も早く「佐賀戦争」を、すっきり整理したいと思った。

罠

江藤新平は、疲れていた。

長い東京での激務から解放され、故郷でのんびりと過ごしたいと心から思っていた。そこに、佐賀が騒がしいという連絡も耳に入る。

江藤暗殺作戦が動きはじめた瞬間だった。

江藤は一月十三日、東京を離れる。

一月二十二日、伊万里に上陸した江藤は嬉野温泉に立ち寄って、湯に浸かっている。

これでなぜ江藤は、佐賀に直行せずに、のほほんと湯遊びに興じていたのかが分かるはずだ。江藤は自分独自のニュース・ソースから、緊急性がないと判断し、念願のバケーションに羽を休めていたのである。

そこでも引き止めた人間がいた。江藤の側近に潜り込んでいる敵の工作員だ。

「佐賀は、士族たちの気持ちもおさまり、万事、平穏。今、佐賀に大物の江藤先生が帰れば、かえってややこしい事態になります。ころあいが来ましたらお呼びしますので、それまではいらぬ気を回さず、ゆるりと東京の垢でも落とされたら、いかがかと存じます」

時間稼ぎだ。政府軍を整えるにはまだ時間がかかる。

そう言われても江藤は、少し気にかかった。

三日後の二十五日、佐賀に顔を出す。

様子を窺ったが佐賀に荒れた気配はない。

「あまり外を歩かれないほうがいい。佐賀を外国に売ったと、先生を付け狙う不埒な輩がおりますゆえ」

電話、テレビ、ラジオのない時代、目と耳を塞ぐのは簡単だ。

なんだそうか、やっぱりなと、安心して佐賀を出る。

今度は百キロ近く離れた長崎郊外にまで足を延ばし、妻の親戚がいる深堀に落ち着く。

二月二日のことである。

そこでまた、日がな散策やら舟遊びで八日間を過ごす。

海からの風が気持ちよい。

露天風呂に顎まで沈み、江藤は静かに目を瞑った。

東京での目まぐるしい暮らしが走馬灯のごとく過ぎ去ってゆく。司法卿から参議。寝る間もない日々。激論につぐ激論。神経がささくれ立って、体のあちこちが悲鳴を上げていた。

――近代化とは、難儀なものよのぅ――

江藤は青い空を見上げ、湯をすくって顔をしごいた。身体を労わるように肩口をさする。

なにも考えまいとした。ただいつまでも田舎のやさしさに受容されたいと思った。

長期滞在のこの光景に、懸念を抱く姿はない。

まして忍んでいるとか、謀議を企てている様子など微塵もない。このことは江藤にとって、佐賀は不穏でもなければ、風雲は急を告げてもいなかったことを、はっきりと物語っている。心からの休暇である。

ようやく腰を上げたのは、二月十一日のことだ。

長崎の街に出て、憂国党のリーダー島義勇と偶然、逢ったという。が、わざわざ長崎に出張ったくらいだから、偶然であるはずはない。だれかにおびき出されたものだが、そこで島から、政府軍が佐賀に討ち入ると聞き、血相を変えたと言われている。

江藤の驚きは複数の記録にある。

なぜこれほど驚愕したのか？

やはり、のんびりと温泉に浸かっていた江藤にとって、政府軍の侵入など青天の霹靂(へきれき)だったのだ。

そこで、江藤は徹底抗戦で島と合意したとある。

しかしこの筋書きに、望月は即座に首を横に振って否定した。

――ありえない――

江藤は異能の俊才だ。

かつては司法卿であり、政府の参議を勤め上げたほどの人物だ。島から聞いただけで、政府軍を相手に不得意な武力を振り回す、という腰の軽い決断を下すだろうか？

否である。

命のかかった重大な決断。しかもインテリの江藤と武人の島とは、以前からしっくりいかず、長い間互いに避けあってきた仲である。そんな男の話を鵜呑(うの)みにし、一瞬にしてパートナーとして組むだろうか？　もしそうなら、江藤は天才的な馬鹿だ。

後々、捏造(ねつぞう)されたストーリーではないだろうか。

すなわち、敵はなにがなんでも二人を引き合わせ、傍目(はため)には謀議があったという場面を作っておきたかったのである。

江藤は、深堀からおびき出された。

二人が逢えさえすれば、陰謀を強く印象付けられ、江藤と島は同じ穴の貉として、十把一からげに葬れるというわけだ。

では政府軍の動きを告げられた江藤は、実際にどういう行動をとるだろうか？

望月は、江藤の立場になって考えてみた。

いの一番にすることは、正確な事実の確認だ。

本当はなにが起こっているのか？　政府軍が来るという噂は本当なのか？

参議まで登りつめた男である。そのくらいの心得はある。そのためだろう、江藤は翌十三日、急いで佐賀に入る。

当時、すでに電信は敷かれているから、とうぜん江藤も打電しているはずだ。

返事がなければ、さらに各方面に打電を繰り返す。

いったいどうなっていたのだ？　政府の主要部門には、かつての仲間や部下もいる。それでも連絡がとれなければ、複数の連絡員を飛ばす。

これがまともな人間のすることだ。

「いったい、なにが起こっているのだ？」

江藤は情報収集に専念した。

しかし、その記録はない。そう、支配者によってきれいさっぱり消されているからないだけである。

書き替えられた江藤の姿は、戦争準備に走り回る「征韓党」のリーダーとしてだけだ。夢中になっている江藤の耳には、山ほどの雑音が入ってくる。

「政府軍が来る」「いや、訓練だ」「本当は来る」「違う、援軍だ」「東京では、話し合いのための軍隊だと言っている」「そうじゃない、佐賀は潰される」「憂国党が決起した」「西郷が仲介に入るようだ」

虚実をより分ける暇もなく、熊本鎮台が寄せてくる。十五日のことだ。

鎮台とは地方に駐屯する明治政府の治安部隊である。あちこちにくすぶり続ける反乱の火種を睨み、当時は東京、大阪、仙台、名古屋、広島、熊本の六カ所に置かれている。

その一つ、熊本鎮台の六百五十名の兵がはばかりなく佐賀に侵入、武力を誇示しながら佐賀城内の県庁を占拠したのだ。

江藤は青くなった。

「いかん、これは訓練などではない！」

江藤の声が上ずった。

佐賀側から見れば、なんの説明もなく熊本兵が土足で佐賀城を占拠した、というめちゃくちゃな話だ。

集まった旧佐賀藩のご家来衆は、騒然となって、刀の鯉口を切る。

「おのれ、熊本の芋侍が」

炎はめらめらと燃え上がり、怒りは漲っている。無駄口はなかった。

江藤と島をリーダーに担ぎ上げ、思惑など度外視して自衛排除に向かったのは十七日のことである。

攻撃はすさまじかった。政府軍は多くの死体を残して逃亡。

排除が終わった。江藤は切れ長の目で、じっと足の踏み場もないほど散らかった佐賀を見つめた。

「このやり方は迷惑だが、佐賀は見放さん」

手紙を書き、使いを朝廷に走らせている。

〈勝手に来襲して、暴れまくった政府暴兵を撃退したので、あとのお取り計らいはよろしくお願いします〉

文面には、なにを血迷ったのか政府の馬鹿侍が居丈高に佐賀城を占拠し、それを追い出したので、よろしくお願いします、という困惑した雰囲気がよく表われている。

この時点で、佐賀は罠にがっちりとはまった。

江藤は、手紙を出してからはっとした。

おのれのなしたることの重大さに気付き、噴き出る汗が一瞬にして凍った。挑発に乗ってしまったのだ。佐賀はもう逃げられない。

この失態は、万死に値する。

望月は、熊本鎮台が佐賀城になだれ込んだ日に注目した。

江藤が佐賀に入った二日後である。

やはり、タイミングをきっちり見定めている。

佐賀士族が反撃に転じれば、飛んで火にいる夏の虫、その時点で、佐賀にいるというだけで江藤の首は確実に取れる。だから先に江藤をおびき寄せている。

続いて、望月は大久保利通の動きに目を見張った。

東京を発った十四日という日だ。江藤が佐賀に入った翌日である。

これもぴたりと合わせている。

〈佐賀に、江藤を追い込んだ〉という工作員からの電報を受け、即、腰を上げたのだ。

抜群の手際の良さだ。

佐賀では、まだ煙さえ上がっていない時期である。政府軍も動かず、平穏であるにもかかわらず、さっそうと御大自ら乗り出して来た。

大久保の頭の中には、これから始まる作戦絵図がはっきりと描かれている。

手順としては、城の占拠―佐賀勢の反撃―政府軍本体の参戦―江藤、島の処刑だ。

大久保の博多到着は十九日。

すぐに司令部を博多に置き、本格的な政府軍の攻撃がはじまるのだが、このオペレーションは周到に練られている。タイミングもさることながら、注目すべきは佐賀に投げ込まれた軍の中身と数だ。

お膳立てとして、まったくもってふさわしい。

最初に投入した熊本兵は同じ九州、昔からのライバルである。しかもたった六百五十名で城を占拠したというのが、佐賀の葉隠武士にとっては、猪口才なのだ。

佐賀藩のご家来衆は、およそ一万。投げ込まれた餌は六百五十名、一つまみの熊本兵である。

「無礼者、佐賀をなんと心得る」

いきり立つのを見越してのことだった。

人間、プライドが高ければ高いほど、挑発にのりやすいのは古今東西、どの世界も一緒だ。

武士はプライドの塊である。支配者は飼い犬のプライドをくすぐり、相手をこき下ろして、開戦のバネとする。

もし、これが端っから万を超える大部隊が、市街に姿を現わしていたら、こういう展開にはならなかった。

もっと冷静になって、平和的解決を模索するはずで、江藤、島を殺す口実は、永遠に訪れない。

舞台に上ったのは六百五十人という絶妙な数。そしてキャスティングは熊本兵という佐賀にとっての往年のライバルである。

挑発は大久保の十八番（おはこ）だった。

ご一新の直前のことである。

大久保と西郷は江戸の薩摩藩士に、ちょこまかと街の治安を乱すよう命じている。薩摩弁を江戸城下で暴れさせたのだ。幕臣は、その挑発に見事に乗った。計算どおりに推移、頭に来た侍たちは、江戸薩摩藩邸に火を放ったのである。

待ってましたとばかりに、薩長はこれを口実として、遠慮なく京都の鳥羽・伏見で大砲をぶっ放す。

やり方はこの時も同じだ
大久保のターゲットは、あくまでも江藤新平であり、島義勇だ。

最初はストレートに暗殺する方法が考えられた。しかし、欧米化と士族の特権剝奪（はくだつ）などに熱心だった江藤は、普段から復古派の刺客に狙われていて防備は固く、したがってテロは現実的ではなかった。しかも江藤を消しても、第二、第三の江藤が出現するかもしれぬ。

かくなるうえは政府軍を使用する。

圧倒的な政府軍の濁流で、佐賀を街ごと呑み込む。根絶やしである。

これなら、暗殺の真実は消せるし、反大久保、岩倉勢力も恐怖におののき、後腐れはない。

事実、反主流派はこれですっかり怖気づくのだが、実行のためには江藤の帰省を確実なものにしなくてはならない。

休暇かたがた温泉などどうか？　ついでに佐賀の様子でも見たらよい。

あの手この手でなだめすかす。

江藤が腰を上げる。

「では、ちょっくら国に帰るか……」

急遽手順段取りが決まった。そのために、それなりの時間かせぎが必要だったのである。

江藤にまっすぐ佐賀に入られては、まずい。

早めに佐賀に到着したら、頭脳明晰で知られる江藤のこと、たちまちなにかを嗅ぎつけて、大久保の陰謀を暴く可能性がある。

したがって、準備が万端整うまで嬉野温泉、深堀で遊んでもらわなければならなかった。

そう考えると、大久保とねんごろな大隈重信が、大久保の意を酌み、江藤を東京に足止めしたという噂は、実に生々しい話になる。

江藤と島を晒し首にしたあと、大久保一派による歴史の書き替えが始まる。

表向き、どうしても「征韓派」が「乱」を起こした。あるいは江藤が、薩摩と長州を潰すために、陰謀を巡らせていたというシナリオにしなければならない。

盛んにそういう風聞を煽るよう、息のかかった佐賀人を地元のあちこちに走らせる。

余計な資料を探し出しては焼き払い、必要書類を整える。

一定程度は成功した。

だが歴史のデッチ上げなど完璧にできるものではない。

真実はあちこちの綻びから顔を見せるものである。

望月も綻びの目撃者の一人だった。

図書館籠もりでも、「征韓派」対「非征韓派」の深刻な対立など、どの資料でも探し出せなかったのだ。

征韓派と目されている副島種臣、西郷隆盛、板垣退助、後藤象二郎、江藤新平、いわば反主流派はすでに参議を辞職し、空中分解しており、大久保にとっては手強い相手ではなかった。だから、大久保は征韓論者のボス的存在だった副島種臣には、まったく手をかけず、板垣も安泰である。

このことは、征韓派など大久保の眼中になく、半島戦略の違いが生死を分かつものではなかったことを如実に物語っている。

大久保の憎悪は、ひたすら江藤に向かっている。

では、なぜこれほどまでに入れ揚げたのか？

引っかかるのは武人、島義勇の抹殺だ。

島の資料は少ない。明治天皇の侍従を務め、豪放磊落な島は剣術や相撲を天皇に教えている。

島の話によると明治天皇とは何度も腕相撲を取り、左手では島が負けるほどだったという。それほど親しかったのだ。

その天皇と親しく交わった島に、太政大臣三条実美は騒がしい佐賀を鎮めてくれと、東京から佐賀行きを命じているのである。

——江藤と同じパターンだ——

江藤も東京にいたときに、佐賀が騒がしいから、国元に帰って抑えてくれと頼まれている。

こうして二人は佐賀に押し出されてゆく。

この陰謀に、三条が絡んでいるのは確実だ。時の太政大臣、三条の願いを断われるわけはない。命じられるままに島は佐賀に入るのだが、島は東京を発つ直前、赤坂御所の正門にひれ伏して、天皇に決別の辞を述べたという証言がある。

なぜ鎮めにゆくのに、決別の辞なのか？

島は死を覚悟していたのか？　自分が囮になることを知っていたのではないか？

そして、あっという間に処刑、梟首だ。

江藤と島。開明派と王政復古派。

まったく逆の思想の持ち主をまとめて屠っている。ちぐはぐである。

ここからも、大久保一派とのもめごとは思想的な対立ではないということが分かる。

彼らに共通しているものとはなにか？　と考えた。

そして彼らと一緒に墓に葬られ、大久保を化け物に変えた秘密とは、いったいなんなのか？

それはフルベッキ写真に秘められた謎ではないかということだった。江藤は写真を懐に抱いたまま、殺されたのではないだろうか……。

江藤の首を斬り、真実を切り取った。

そういえば、横井小楠や江藤新平ばかりではなく、大久保や岩倉も写真に写っているという強い疑いがあるのだ。

呪われた写真。

写真におさまった者は一人、一人みな命を落す……。

（本書は平成十九年五月、小社から四六版で刊行された
ものに著者が大幅に加筆、修正し上下巻としました）

一〇〇字書評

切・り・取・り・線

購買動機（新聞、雑誌名を記入するか、あるいは○をつけてください）

□（　　　　　　　　　　　）の広告を見て	
□（　　　　　　　　　　　）の書評を見て	
□ 知人のすすめで	□ タイトルに惹かれて
□ カバーが良かったから	□ 内容が面白そうだから
□ 好きな作家だから	□ 好きな分野の本だから

・最近、最も感銘を受けた作品名をお書き下さい

・あなたのお好きな作家名をお書き下さい

・その他、ご要望がありましたらお書き下さい

住所	〒				
氏名		職業		年齢	
Eメール	※携帯には配信できません	新刊情報等のメール配信を 希望する・しない			

この本の感想を、編集部までお寄せいただけたらありがたく存じます。今後の企画の参考にさせていただきます。Eメールでも結構です。

いただいた「一〇〇字書評」は、新聞・雑誌等に紹介させていただくことがあります。その場合はお礼として特製図書カードを差し上げます。

前ページの原稿用紙に書評をお書きの上、切り取り、左記までお送り下さい。宛先の住所は不要です。

なお、ご記入いただいたお名前、ご住所等は、書評紹介の事前了解、謝礼のお届けのためだけに利用し、そのほかの目的のために利用することはありません。

〒一〇一-八七〇一
祥伝社文庫編集長　坂口芳和
電話　〇三（三二六五）二〇八〇

祥伝社ホームページの「ブックレビュー」からも、書き込めます。

http://www.shodensha.co.jp/bookreview/

祥伝社文庫

幕末 維新の暗号(上) 群像写真はなぜ撮られ、そして抹殺されたのか

平成23年6月20日 初版第1刷発行
平成29年4月30日 第13刷発行

著者 加治将一
発行者 辻 浩明
発行所 祥伝社
東京都千代田区神田神保町3-3
〒101-8701
電話 03(3265)2081(販売部)
電話 03(3265)2080(編集部)
電話 03(3265)3622(業務部)
http://www.shodensha.co.jp/

印刷所 図書印刷
製本所 ナショナル製本
カバーフォーマットデザイン 芥 陽子

ISBN978-4-396-33665-3 C0121

祥伝社文庫の好評既刊

加治将一
龍馬の黒幕
明治維新の英雄・龍馬を動かしたのは「世界最大の秘密結社」フリーメーソンだった？

加治将一
舞い降りた天皇（上）
天孫降臨を発明した者の正体!?「邪馬台国」「天皇」はどこから来たのか？日本誕生の謎を解く古代史ロマン！

加治将一
舞い降りた天皇（下）
卑弥呼の墓はここだ！　神武東征、三種の神器の本当の意味とは？　歴史書から、すべての秘密を暴く。

井沢元彦
明智光秀の密書
明智光秀の密使を捕縛、暗号解読に四苦八苦する秀吉と黒田官兵衛。やがて解読された「信長暗殺の凶報」。

井沢元彦
隠された帝
大化改新の立役者・天智天皇は、弟の天武天皇によって暗殺された！　だが、史書『扶桑略記』には…。

井沢元彦
歴史の嘘と真実
井沢史観の原点がここにある！　語られざる日本史の裏面を暴き、現代の病巣を明らかにする会心の一冊。

祥伝社文庫の好評既刊

祥伝社文庫の好評既刊

邦光史郎　信長三百年の夢〔戦国〜元禄の繁栄〕

斬新な発想で、武士から商人の時代への移り変わりを生き生きと描く大河歴史小説の第六弾！

邦光史郎　明治大帝の決断〔黒船来航〜維新騒擾〕

混迷する世情に新政府の〝矛盾〟を見た西郷隆盛の苦悩、そして明治天皇の血涙の英断とは？

邦光史郎　幻の大日本帝国〔戦争の世紀〜昭和二〇年八月〕

日清戦争から太平洋戦争と半世紀にわたり世界と戦い続けてきた日本…大河歴史小説（全八巻）堂々の完結！

樋口清之　完本 梅干と日本刀

日本人が誇る豊かな知恵の数々。真の日本史がここにある！　120万部のベストセラー・シリーズが一冊に。

樋口清之　秘密の日本史

仏像の台座に描かれた春画、平城京時代からある張形…と学校の教科書では学べない隠された日本史！

樋口清之　逆(さかさ)・日本史〈昭和→大正→明治〉

〝なぜ〟を基準にして歴史を遡(さかのぼ)っていく方法こそ、本来の歴史だと考えている（著者のことばより）